Impressum

Autor: Michael Thomsen
Coverfoto:
Verlag: BoD · Books on Demand GmbH,
Überseering 33, 22297 Hamburg, bod@bod.de
Druck: Libri Plureos GmbH,
Friedensallee 273, 22763 Hamburg
ISBN: 978-3-8192-8156-3

Michael Thomsen

Die Verwechselung

Lichtung

manche meinen
lechts und rinks
könne man nicht velwechsern
werch ein illtum

(Ernst Jandl, 1966)

Inhalt

Prolog

Lange ungeübt, in epischer Breite Erzählstränge zu entwickeln, drängten sich mir eines Abends Bilder und Szenen auf, die geradezu danach schrien, in Textformen gegossen zu werden.

Irren ist menschlich, heißt es. Aber Irrtümer und Verwechselungen aufzuklären, sie ans Licht zu bringen, kann helfen, klarer zu sehen und sich also in der Welt besser zurechtzufinden. Aber nicht immer ist das gesund. Und außerdem kommt dennoch zu wenig ans Licht, was da hingehörte. Das Meer ist voll von Unsichtbarem. Vieles Berichtenswerte aus der Geschichte bleibt ungezählt und unerzählt. Der Friedhof der Unbekannten und ihrer Lebensgeschichten ist unendlich groß. Drum wage ich mit diesem Roman eine Beschreibung von Möglichkeiten privatgeschichtlicher Verläufe über einen Zeitrahmen, der sich über die zweite Hälfte des 20. Jahrhunderts erstreckt.

Nach dem Ende des Ersten Weltkriegs, nach einer Zeit einer ungeheuer auseinandergehenden Vermögensschere[1], kriechen aus dem Bauch der Weimarer Republik die Gespenster, die den Zweiten Weltkrieg gebären. Gut hundert Jahre später wiederholen sich scheinbar Dinge, die eingekleidet in

---

[1] Vgl.: Thomas Piketty, Das Kapital im 21. Jahrhundert, München 2014 (von der Alfred Terjohn im Roman zweifelsfrei profitierte.)

Achtundsechziger- und Baby-Boomer-Jeans wieder zulassen, dass Krieg uns immer näher rückt, aber auch, dass Menschen unverdient reich werden auf Kosten der Menschen, die abhängig Arbeit wählen müssen, denen keinerlei großes Erbe zufällt, um würdevoll oder weniger würdevoll leben zu können.

Traumatisiert und noch immer festgezurrt im Denken der schon Jahrzehnte zuvor erfolgten Indoktrinationen und infolge eines Zeitgeistes, der „unwertes Leben" verstand wie eine Notwendigkeit des Denkens von Tierzüchtern, begannen nach dem Zweiten Weltkrieg die Menschen mehr und mehr, alles in zwei entgegengesetzten Polen zu verorten. Es gab gute und böse Menschen, fleißige und faule, kluge und dumme und es gab Ost und West, Markt – und Planwirtschaft, Frieden und Krieg, reich und arm, links und rechts, schwarz und weiß. So erfolgten die jeweiligen Zuschreibungen und immer befanden sich die anderen im falschen Lager. Heute sehen wir die Ergebnisse solcher Spaltungen in Debatten und Diskussionen in Parlamenten und öffentlichen Medien.

Eine Mischung aus Darwinismus, Wachstumsglauben, Neoliberalismus und Utilitarismus mischte sich mit dem Erbe der nationalsozialistischen Gedankensplitter. Dazwischen schien es nichts zu geben oder wurde am Wachsen gehindert. Das Böse wurde als absichtsvoll dargestellt, das Gute kam aus sich heraus. Ein Denken zwischen - oder im Hin und Her dieser Pole wurde schnell verdächtig. „Entweder – Oder", hieß die Devise.

Doch ganz allmählich begannen einige Menschen zu ahnen, dass es etwas dazwischen geben musste. Die ökologischen Folgen der Art des Wirtschaftens wuchsen wie die Wurzeln eines Baumes und deren Pilzgeflechte in die Zwischenräume des Denkbaren.

Überlebt hat schließlich auch der Keim, der die Welt ab 1933 fast zum Einsturz brachte. Das Braune, in den 2000er Jahren zunächst noch blaugefärbt, erwies sich zäher als viele es wahrhaben wollten. Einfache Sätze im Vagen, durchdrungen von Unwahrheiten, Halbwissen, unaufgearbeiteter oder verdrängter Geschichte und interessegeleitetem Kampf, enthemmten sich in sozialen Netzwerken und brachten die elaborierten Gedankengebäude und kritische Analysen von Journalisten, Wissenschaftlern und Künstlern zum Einsturz und gipfelten schließlich in diversen Verschwörungstheorien oder gruben sich ein in ideologischen Konstrukten.
Auf diesen Trümmern bewegen wir uns heute.

Die Generation der nach 1945 geborenen geriet im Laufe ihrer Erwerbsbiografie sehr häufig in Überlastungs-konstellationen. Zwar erlernte dann ein Teil der überlasteten Babyboomer das, was unter Vertretern späterer Generationen längst etabliert ist: Nein sagen, achtsam sein, Grenzen setzen. Die nachfolgenden Generationen bewältigen Stress eher, indem sie sich mit eigenen Zielen und der Sinnhaftigkeit von Aufgaben beschäftigen, ein Fortschritt immerhin. Die Babyboomer hingegen erlebten als späte Nachkriegsgeburten noch im Zuge eines stärker ausgeprägten Pflichtbewusstseins, dass das Verhältnis aus eigener Leistung und Gratifikationen wie Gehalt, Anerkennung oder Lernmöglichkeiten nicht ausgeglichen war und so ihr Stresserleben potenzierte. Viele blieben dabei auf der Strecke, in Lehrer-Arbeitslosigkeit, in falschen Berufen, strandeten in Sucht oder Depression, und hätten dabei ein Korrektiv im demokratischen Diskurs sein können. Stattdessen folgten einige dem Aufruf nach einem Marsch durch die Institutionen, wo sie sich verloren.

Heute können wir die Wahrheit nicht mehr mit bloßem Auge erkennen. Verwechselungen aller Art vermehren Unglück und Leid, befeuern krudes Denken und gebären Narrative wie von Verrückten. Manchmal, aber nur manchmal, finden Menschen einen Weg da heraus. Dieser Roman mag vielleicht ein Lehrstück dafür sein, dass eben nicht alles ans Licht kommt, was da hinkommen sollte. Und manchmal, *nur manchmal*, scheint es auch gut zu sein, wenn etwas im Dunkeln bleibt.

Michael Thomsen, im Juni 2024

Personen

Gisela Pierer (Fabrikantentochter, Jg. 1936)

Jonathan Terjohn (Architektur, Arztsohn, Jg. 1938)

Alfred Terjohn (Arzt, Vater von Jonathan, Jg. 1917)

Gaby (deren Tochter, verstorben 1977, Jg. 1960)

Gernot (deren Sohn, Jg. 1964)

Gerhold (Freund von Gernot, am selben Tag geboren)

Melanie Engel, alleinerziehende Mutter von Gerhold (Jg. 1947)

Hilde Engel (Mutter von Melanie, Jg. 1922)

Barbara Reus (Notarsgattin, Jg. 1920)

Gudrun Reus (Taufpatin von Gerhold, Jg. 1945)

Ewald Scherzinger (Polizist, Jg. 1942)

Solveigh Sönniksen (Schwedische KZ-Insassin, Jg. 1921)

Irena Sönniksen (Schwedische Historikerin, Jg. 1923)

Sun Chi (Thailänderin mit chinesischen Wurzeln, Jg. 1947)

Am Baggersee

Als Gabriele Terjohn, die älteste und erstgeborene, fast siebzehnjährige Tochter des Architekten Jonathan Terjohn und dessen geschiedener Ehefrau Gisela, geborene Pierer, 1977 an einem lauen Sommerabend in einem Baggersee ertrank, nachdem sie zuvor etliche Schnäpse und Bier mit einigen ihrer Freundinnen und Klassenkameraden konsumiert und sich dann voller Übermut in den See gestürzt hatte, um es den Jungen zu beweisen, was ein Mädchen kann, war ihr jüngerer Bruder Gernot gerade im pubertierenden Alter von 13 Jahren.

„Ihr glaubt, ein Mädchen kann das nicht?" hatte sie gerufen und war losgesprintet in Richtung See, kopfüber ins nasse Element getaucht und war nach ein paar Kraulzügen plötzlich nicht mehr zu sehen. Die anderen Mädchen hatten noch Minuten vorher ihre Taschen gepackt und mit den Fahrrädern schon die Heimfahrt angetreten, als Gaby, wie sie von allen genannt wurde, noch auf eine Runde mit Hochprozentigem den drei Jungen zugeprostet hatte.

Die grölenden Jungen hatten, Bierflaschen in der Hand, ihr nachgeschrien und sie angefeuert. Als sie aber einige Sekunden lang nichts mehr von dem Mädchen sahen oder hörten, wurden alle plötzlich still und schauten sich ungläubig an.

Stunden später, nachdem THW und Feuerwehr sich aufmachten, um Boot und Tauchanzüge wieder auf die Fahrzeuge zu schaffen, lag der weißbleiche Körper des Mädchens unter einer Decke und wartete darauf, vom Bestattungsunternehmen Habedank in die blanke Metallkiste und dann auf den schwarzgrauen Kombi gehievt zu werden.

Ein schlechtes Gewissen plagte noch Jahre später den einen oder anderen Jungen, die dem Szenario damals beigewohnt hatten. Hatten sie das Mädchen, ihre Klassenkameradin und Freundin, mit ihrem Einflößen von Alkohol und provozierenden Reden und mit gemeinsamen Klatschen befeuerten Gegröle nicht – letztendlich – in den Tod getrieben? Sie wurden ruhiger und – fleißiger, schafften das Abitur und vermissten sie irgendwann nicht mehr. Die Zeit heilt bekanntlich so manche Wunde.

Ihr Bruder Gernot fand noch tagelang später keine Tränen, auch fand er keine Worte, als er vom Tod der Schwester erfuhr. Stumm und mit leerem, noch immer staunenden Augenschlag, verfolgte er die Begräbniszeremonie. Die Mutter, beim Vater eingehakt, hatte bereits viele Tränen vergossen und schritt dem Tross geradezu apathisch voran. Der Vater, gebeugt, den Blick auf den Boden geworfen und aufgedunsenem Gesicht, konnte am Grab seine Tränen nicht zurückhalten.

13

Gernot wunderte sich, dass ihn dieses Weinen nicht ansteckte, wie er doch im umgekehrten Fall in Schule und schon im Kindergarten nicht ernst bleiben konnte, wenn sein Freund Gerhold Faxen machte und Witze riss. Und so sah er sprachlos, aber mit aufmerksamem Blick, dem ungewohnten Geschehen zu, suchte die Gesichter der Jungen aus Gabys Klasse in den Bänken beim Herausgehen aus der Kirche. Er hatte seinen Großvater Alfred nicht unter den Trauergästen entdecken können. Später erfuhr er von der Mutter, dass Alfred eine Reise nach Thailand gebucht hatte und nicht bereit war, diese zu stornieren.

Von nun an luden Gernots Eltern, trotz der Scheidung, alle Liebe, Umsicht und Sorge auf den einzigen Sohn und Erben der florierenden Fleischfabrik. Gernot hatte seine ältere Schwester stets bewundert, die Klassenbeste und Sportskanone, die so kurz vor dem Abitur ihr Leben ließ.

Nach Krieg Zeit

Eine Beileidskarte hatte Gerholds Mutter Melanie Engel dessen Klassenkameraden Gernot geschickt und den Jungen allein zur Beerdigung gehen lassen. Auch ihn erblickte Gernot in einer der letzten Reihen. Ihre Blicke trafen sich kurz, um dann - irgendwie „wissend" - weiterzuwandern.

Gerhold war der beste Freund von Gernot. Kam er doch aus einem anderen Milieu, so vereinte die beiden doch ihr ähnlich klingender Name und eine gewisse Ähnlichkeit in den Gesichtszügen und ein paar gleiche Neigungen. Gerhold war darüber hinaus Klassenkamerad von Gernot. Sie waren beide am gleichen Tag im Dezember geboren worden. Das fanden beide witzig. Und es führte sie immer wieder zusammen.

Gerholds Mutter Melanie erinnerte sich sehr gut an diesen Tag im Jahr 1964 im Marienhospital. Das Kind, das sie nicht gewollt hatte und welches nun immer wieder an ihrer Brust lag und sie für allen Schmerz durch seinen treuen Blick und unschuldig nach der Brust forschenden Mund entschädigte, der endlich ihre Brustwarze fand, um wohlig zu saugen, und der bei ihr eine Mischung aus Verzeihen, Mitleid und Wohlwollen hervorrief.

„Hier ist ihr Kleiner," sagte die Schwester und reichte ihr das Kind. Die Geburt war trotz der allgemeinen Hektik auf der Wöchnerinnenstation problemlos verlaufen, das Kind gesund und wohlauf. So ein kleines Bündel, das musste man liebhaben, dachte sie und dennoch liefen ihr die Tränen, denn das Kind hatte einen Vergewaltiger als Vater.

Gerhold wohnte mit seiner Mutter zur Miete in einer kleinen Wohnung in einer Reihenhaussiedlung. Die Miete fraß einen Großteil ihrer Einkünfte aus den verschiedenen Jobs. Melanie war alleinerziehend und hielt sich mit Putz-Jobs in einer Behörde und in diversen Haushalten über Wasser.

Ihr Leben war bis hierhin nicht sehr glücklich verlaufen. Die Mutter, eine Mischung aus Strenge und Eigensinn, sah in der Tochter lediglich eine Belastung, ein „Blag", das durchgefüttert werden musste. Ein wenig Eifersucht spielte vielleicht auch etwas mit, weil ihr Ehemann und Vater des Mädchens, die Kleine sichtlich mochte und sie stets bei Vorwürfen der Mutter in Schutz nahm.

Melanies Vater Friedrich war im Februar 1947 einbeinig aus dem Krieg zurückgekehrt. Ausgehungert und halberfroren war er eines Abends zur Tür hereingetreten. Seine Frau saß rauchend und lachend mit zwei Tommys und seiner Schwägerin Clara am Küchentisch. Der gespenstige Anblick des riesigen Mannes, der dort im Türrahmen auf dem linken Bein und einer überdimensioniert erscheinenden Krücke unter der linken Achsel stand, ließ das Gelächter unvermittelt verstummen. Wie in Zeitlupe erhob sich Friedrichs Ehefrau, etwas unschlüssig, was sie sagen sollte.

„Fiete!" rief sie endlich aus und hielt zweifelnd in ihrer Bewegung inne. Jetzt sah sie die Tränen im Gesicht dieses Hünen, die so gar nicht zu der Erinnerung an ihn passten. Gleichwohl trieb dieser trostlose Anblick und diese Männer-Tränen nun auch ihr die Tränen unter die Augen. Die beiden englischen Soldaten hatten derweil ihre Jacketts übergezogen und schlichen sich zur Hintertür heraus.

„Mein Gott, Fiete!" rief nun auch die Schwägerin und drückte ihre halb gerauchte Zigarette aus. „Was hat der Krieg nur aus dir gemacht?!" schob sie noch hinterher als seine Frau Friedrich an die Hand nahm, ihn wie forschend ansah und fragte: „Und wir dachten schon, du kämst gar nicht wieder." Jetzt erst zog sie sich zu ihm heran und umarmte ihn auf den Zehen stehend.

Die lebenslustige Mutter liebte Geselligkeit und sie war eine starke Raucherin. Friedrich, traumatisiert vom Krieg, fühlte sich wie ein Krüppel. Dennoch erholte er sich in den folgenden Wochen. Die Tommys blieben weg, aber ihre Schokolade und die Zigaretten brachte Hilde gelegentlich mit nach Hause. Friedrichs Jobsuche blieb ohne Ergebnis. Niemand wollte den Maschinendreher einstellen. Bei der Wehrmacht war er Fahrer eines

Generals. Mit seinem Schwager baute er ein Auto so um, dass es auch der einbeinige Friedrich lenken konnte. Nach den ersten Fahrten für die Tommys und einigen Sonderfahrten, hatte er endlich etwas zum Haushalt der Eheleute beisteuern können. Zu dieser Zeit muss auch Melanie gezeugt worden sein.

Melanie wuchs in eher ärmlichen Verhältnissen auf. Als der Vater erkannte, dass er mit anderen Männern ob seines fehlenden Beines nicht mithalten konnte, wurde er depressiv, zog sich immer weiter zurück, sprach nur noch wenig und verließ irgendwann nicht mehr die Wohnung. Hilde musste den Lebensunterhalt in den schwierigen Nachkriegszeiten irgendwie aufbringen, schlichtweg um die Wohnung halten und genügend zum Essen kaufen zu können. Sie fand zwar einen Job als Verkäuferin, aber es reichte vorne und hinten nicht.

An einem späten Vormittag, Melanie war gerade aus der Schule und vom Einkaufen zurück, um das Mittagessen vorzubereiten, fand die Elfjährige ihren Vater im Bett schlafend vor. Sie hatte vergeblich nach ihm gerufen und als sie näher ans Bett trat und die weit aufgerissen Augen sah und seine kalte Hand spürte, wusste sie, dass er tot war.

Friedrich war durch eine Bronchitis zusätzlich geschwächt und hatte Schmerz- und Schlafmittel, die er wegen seiner Phantomschmerzen und Depression bekam, gehortet und am Vorabend mit reichlich

Hochprozentigem eingenommen. Melanie und Hilde hatten die Wohnung am Morgen in dem Glauben leise verlassen, dass der Vater und Ehemann, wie schon in den letzten Wochen, noch am Schlafen sei.

Bereits vier Wochen nach der Beisetzung füllte sich der Küchentisch wieder regelmäßig mit Besuchen von englischen Soldaten oder Männern aus der Behörde und - immer gern mit dabei - Hildes Schwester Clara. Die Männer aus der Behörde hatte Clara eingeladen. Die fast zwölfjährige Melanie wurde, wenn die Besuche schon am Nachmittag begannen und Musik aus dem Radio in der Küche den Geräuschpegel der schwatzenden und Späße treibenden Gäste nach oben trieb, von „Tante Clara" zum Kippensammeln auf die Straße geschickt. Melanies Mutter und Tante Clara waren Kettenraucherinnen und an Tabak ranzukommen, war in der Nachkriegszeit nicht leicht.

Melanie schlich sich am späten Abend hinauf auf den Dachboden, wo sie ungesehen von den Gästen und der Mutter in der Wohnung ihre Ruhe hatte und sich mit Decken und Kissen eine kleine Bleibe geschaffen hatte, wo sie so schnell niemand aufsuchen oder finden würde.

Irgendwann blieb einer der Gäste über Nacht und Melanie hörte das Stöhnen der Liebenden im Nachbarraum. Diesmal war es kein Tommy, sondern ein schmächtiger Kerl mit freundlichen Augen und mit viel Humor, der gerne Witze erzählte und sich freute, wenn auch Melanie lachte. Hilde und der Schmächtige wurden ein Paar, aber wohnten weiter und zum Glück, wie Melanie fand, in getrennten Wohnungen.

Die Villa

Als Melanie im Alter von 14 Jahren die Volksschule abschloss, begann sie auf Weisung der Mutter und gegen die Empfehlung der Lehrerin eine Lehre als Hauswirtschafterin. Die Lehrerin sah, dass dieses Mädchen fleißig war und stets genügend Ehrgeiz aufbrachte, um mehr aus sich zu machen. Sie hatte eine schöne Handschrift und bewies beim Handwerkeln großes Geschick. Melanie hätte durchaus eine höhere Schule besuchen können, aber die Mutter sah sich mit der Finanzierung und Begleitung ihrer Tochter völlig überfordert.

Ihre erste Stelle in der Villa des Arztes Alfred Terjohn und der Familie dessen erwachsenen, mit einer Fabrikantentochter verheirateten Frau des Sohnes Jonathan fühlte sich dennoch für Melanie zunächst an wie eine Befreiung, da sie nicht mehr zu Hause schlafen musste, sondern in einer Dachkammer der Vorortvilla ihre Ruhe fand und nicht mehr den allabendlichen Trubel in der mütterlichen Wohnung anhören musste, der ihr oft den Schlaf geraubt hatte. Nur gelegentlich hörte sie aus der Wohnung des Arztes seltsame Geräusche, aber dabei dachte sie sich nicht viel. Der alte Herr konnte ja schließlich in seiner Wohnung machen, was er wollte; es interessierte sie nicht.

In der zweiten Etage des Hauses lebte also der 47-jährige Arzt Alfred Terjohn, Sohn eines schon früh verstorbenen, sehr vermögenden Bankiers aus Süddeutschland und einer im Krieg getöteten Mutter mit schwedischen Wurzeln. Er war als noch junger Mann im Juni 1947 schwer verletzt aus dem Krieg zurückgekehrt. Er sprach nie darüber, wie es zu den Verletzungen gekommen war, erholte sich aber recht rasch, verbrachte dabei die meiste Zeit im Haus und kam dann irgendwann wieder einer ärztlichen Tätigkeit im nahgelegenen Krankenhaus nach und widmete sich in seiner Freizeit der Beschäftigung mit Börsenkursen oder unternahm längere Reisen.

Alfred hatte bereits 1937 vor dem Krieg, noch als Medizinstudent eine junge Krankenschwester geschwängert, deren Sohn von ihm alimentiert wurde. Die Krankenschwester wechselte in eine Arztpraxis. Sie kam so der Entlassung des Vaters zuvor, der sicherlich mit Konsequenzen des damaligen Chefarztes zu rechnen gehabt hätte. So blieb ihre Schwangerschaft eine Angelegenheit zwischen Alfred und ihr. Allerdings hatte sie Alfred gegenüber vor ihrer Kündigung gedroht, wenn er nicht für den Unterhalt des Jungen sorgen würde, dass sie dann seinen Fauxpas ans Licht bringen würde. Da bereits Gerüchte im Umlauf waren, gab der Medizinstudent dem Verlangen der Krankenschwester nach und zahlte in den folgenden Jahren für sie monatlich eine auskömmliche Summe.

Alfreds Mutter wollte er erst nicht einweihen, aber als diese merkte, mit welchen Summen Alfred das Vermögen der Familie monatlich belastete, musste er das Ganze am Ende doch zugeben. Die Mutter gab daraufhin ihren Segen zu dieser Liaison und freute sich insgeheim darüber „Oma" geworden zu sein. Ohne wiederum Alfred in Kenntnis zu setzen, hielt die Mutter bis zu ihrem Versterben im Winter 1944, also bis zum Ende des Krieges noch Kontakt zur Mutter ihres Enkelsohnes.

Die junge Krankenschwester erzog Jonathan allein, der dann nach dem Abitur und dem Architekturstudium völlig überraschend zu seinem Vater zog. Jonathans Mutter war trotz Amputation an Brustkrebs verstorben und nun lag die finanzielle Last für Unterhalt und Studium allein bei Alfred. Dass er ihn in die Wohnung einziehen ließ, sparte dem alten Herrn einiges an Geld, zumal er jetzt auch keine Zahlungen an das „Flittchen", wie er Jonathans Mutter nannte, zahlen musste. Außerdem stand Jonathan noch nicht sicher auf den Füßen. Die Wohnung stand frei und er musste seinem „kleinen Bastard", wie er ihn gelegentlich nannte, nicht noch eine andere Wohnung neben dem Rest des Studiums finanzieren.

Alfred hatte die Villa und einiges an Wert in Form von Barvermögen, Gold, Aktien und Immobilien von den verstorbenen Eltern geerbt, hatte dabei noch zusätzlich Erfolg an der Börse und lebte im ersten Obergeschoss.

Von Alfreds Eltern erfuhren die Kinder und Enkel so gut wie nichts. Die Mutter soll Schwedin gewesen sein, der Vater Bankier aus München, was die etwas abweichende Aussprache Alfreds erklären mochte, der die Endungen auf „en" meist deutlicher aussprach als in der Region üblich.

Jonathans Schul- und Berufslaufbahn verlief dann überraschend gut, da die Mutter sich rührend um die Pflege und Erziehung des Jungen bemühte. Er heiratete eine Fabrikantentochter aus dem Nachbarort, die er während des Studiums kennengelernt hatte und die schon bald danach mit in die Wohnung im Parterre der Villa einzog. Als Melanie ihre Ausbildung dort begann, lebte also Jonathan mit seiner Ehefrau Gisela und deren kleiner Tochter Gabriele in der geräumigen Wohnung im Erdgeschoss. Jonathan Terjohn fuhr jeden Morgen mit dem Opel Admiral in das Architektenbüro in die Innenstadt. Die Ehefrau war halbtags im Betrieb der Eltern als Assistentin ihres Vaters tätig, der eine Fleischwarenfabrik leitete.

Die Arbeit im Haushalt war mühsam, aber forderte Melanie heraus, die, mit viel Lob der Hausherrin bedacht, eine gewisse Erfüllung in der Arbeit fand. Sie konnte gut kochen und das gefiel der Hausherrin am allerbesten und diente auch dazu, den Alten im Obergeschoss zufrieden zu stellen, den Melanie mit bekochte und mittags um Zwölf Uhr dreißig das Tablett auf einen Beistelltisch vor der Wohnungstür abstellte. Nur sehr selten bekam Melanie ihn zu Gesicht, grüßte kurz und verschwand dann wieder rasch die Treppe weiter abwärts. Sie musste auch nicht seine Wohnung sauber halten. Alfred Terjohn bestand darauf, seine eigne Putzfrau einzustellen.

Das meiste Lehrgeld musste die noch minderjährige Melanie an die Mutter abführen und sie musste daher sehr sparsam haushalten und wagte es nicht, die abendlichen Ausflüge der Mitschülerinnen der Berufsschule mitzumachen.

Nur einmal, als die Beatles im November 1962 in Deutschland einen längeren Konzertaufenthalt hatten, traute sie sich mitzukommen, dabei etwas von den Mitschülerinnen, ob ihres „braven und hausbackenen" Kleidungsstils, belächelt. Für Zugfahrt nach Hamburg und Konzert ging fast ihr gesamtes Erspartes drauf. Aber sie liebte diese Musik. Dennoch war sie etwas irritiert über das laute Kreischen der anderen Mädchen. Sie kam spät abends zurück und musste beim Hausherrn klingeln, denn die Seitentür wurde spätestens um Acht abends abgeschlossen. Alfred - anstatt Frau Terjohn - öffnete nach dem dritten Klingeln die Haustür. Mit einer Zigarre in der einen und einem Kognakschwenker in der anderen Hand, sah er sie etwas irritiert an und lächelte dann und gab mit der Zigarrenhand eine etwas übertrieben schwungvolle, einladende Bewegung.

„Ach, Fräulein Engel. Sie sind´s!"

„Ja, ach Herr Terjohn, ich komme vom Konzert. Es ist später geworden."

„Na, dann mal rein mit dir. Wie war es denn?" „Laut!" antwortete Melanie.

„Ja, ja, diese Negermusik und diese Langhaarigen, die treiben´s ja recht bunt. Hat es dir denn gefallen?"

„Na ja, im Radio hört es sich schon gut an, aber dieses Gekreische im Konzert hat doch die eine oder andre Strophe übertönt."

Melanie stand kurz vor dem Treppenaufgang und drehte sich schon halb herum, sagte schon: „Gute Nacht, Herr …", als dieser sie am Ärmel fasste und fragte: „Und die Jungs? Wie haben dir die Jungs gefallen?"

„Wir waren nur fünf Mädels. Die Jungs waren weiter weg. Ich mag die nicht. Die sind so grob und ungehobelt."

„Du legst Wert auf Zärtlichkeit! Das gefällt mir," hörte sie ihn jetzt lallen.

Das Gespräch nahm nun eine Wendung, die Melanie gar nicht gefiel. Sie drehte sich weg und wollte die Treppe nehmen, als sich der Griff des Hausherrn noch einmal stärker schloss und er nachschob.

„Wenn du Zärtlichkeit suchst, wende dich getrost an mich."

Jetzt erst merkte sie, wie der Mann lallte, entriss ihm ihren Arm und spurtete rasch die Stufen hinauf. Später lag sie noch ganz aufgewühlt im Bett, als es plötzlich leise an der Tür klopfte und sie von einer männlichen Stimme ihren Namen flüstern hörte. Zunächst erstarrt, dann aber abrupt aufspringend, eilte sie auf Zehenspitzen zur Tür und drehte den Schlüssel im Schloss um. Ganz langsam senkte sich nun auch die Klinke.

Nichts geschah. Sie kannte dieses Geräusch von gelegentlichen Situationen an Abenden, an denen ihre Mutter abendlich Besuch bekam. Als die Klinke endlich wieder ganz heruntergesunken war, hörte Melanie noch, wie sich die Person hinter der Tür entfernte.

Lehrzeit

Nur noch fast zwei Wochen musste sie im Haushalt der Familie bleiben, dann war die Lehrzeit beendet und Melanie hatte sich bereits bei einem Notar in einem anderen Haushalt beworben, wo sie einen höheren Wochenlohn bekam. Der alte Hausherr der Villa verhielt sich an den folgenden Tagen bei ihren seltenen Begegnungen völlig normal, wie immer. Sie begegneten sich nur selten und er tat so, als sei nichts gewesen. Lediglich Frau Terjohn erschien ihr ein wenig mürrischer und etwas sparsamer als sonst mit lobenden Worten in Melanies Richtung. Den Grund erfuhr sie zwei Tage später. Melanie hatte mitbekommen, dass diese blasser war als sonst und über Übelkeit klagte. Sie offenbarte Melanie schließlich, dass sie glaube, in Umständen zu sein und ihr zweites Kind erwarte.

Melanie durfte nach dem Bestehen ihrer Prüfung noch bis zum Monatsende wohnen bleiben. Am 1. April konnte sie erst die neue Stelle antreten. Natürlich wurde das Ende der Lehrzeit auch von den Hauswirtschaftslehrlingen gefeiert. Es gab eine Feier mit Beatmusik in einer Kneipe des Ortes. Melanie genoss diesmal die Musik ohne lautes Gekreische und hatte sich schick gemacht und einen bunten Rock mit Petticoat angezogen, der ihre schlanken Beine betonte. Richtig tanzen konnten die wenigsten. Meistens tanzte man frei und ohne Partner, oder es war Twisten angesagt. Melanie hielt sich gerne am Tisch auf und beobachtete das Treiben auf der Tanzfläche, nippte an der Cola und wippte im Rhythmus der Musik aus den Lautsprechern der Musicbox. Ihr war es ganz recht, dass sie nur zwei Jungen, die sie zum Tanzen aufforderten Absagen erteilen musste. Das Tanzen lag ihr nicht und sie scheute die Nähe der Jungen.

Als sie die Kneipe gegen zehn Uhr verließ, sah sie zwei oder drei Pärchen, die in einer Ecke des Gebäudes eng zusammenstanden und knutschten. Der Weg zur Villa war dunkel und führte durch ein kleines, parkähnliches Wäldchen. Noch etwa hundert Meter bis zur Straße, die endlich neben dem schwachen Mondlicht auch etwas Laternenlicht auf das Kopfsteinpflaster herabließ, hörte sie vor sich plötzlich ein Knacken. Sie hatte ein weiteres knutschendes Pärchen in Verdacht, aber es blieb still und zunächst war auch gar nichts zu sehen, als plötzlich eine Gestalt vor ihr stand, auf ihre schwach vom Mondlicht angeleuchteten Beine unter dem Rock starrte, sie packte und auf das Moos zerrte, wo sie mit dem Kerl zu liegen kam. Sie wollte schreien, brachte aber vor Schreck keinen Ton heraus, wehrte sich, aber die riesigen Hände des Rüpels umklammerten ihre Fesseln wie eine Schraubzwinge.

Er hatte sie mittlerweile auf den Bauch gedreht und ihr das Gesicht ins nasse Moos gedrückt. Sie spürte das Gewicht des Mannes und wusste sofort, dass sie keine Chance hatte zu entkommen. Mit seiner rechten Hand schob er ihr den Rock hoch, riss am Schlüpfer und spürte, wie er in sie einzudringen versuchte. Völlig wehrlos blieb sie wie erstarrt liegen und spannte ihre Oberschenkel und Gesäßmuskeln an. Er bewegte sich ein paar Mal auf und ab und sie merkte, wie er etwas nachließ und sich von ihr wegbewegte. Sie wartete, drehte das Gesicht zur Seite und sah ihn weglaufen. An ihrem Gesäß war der Schlüpfer feucht. Es war ihm nicht gelungen, in sie einzudringen, aber seine Samenflüssigkeit hatte sich auf ihre Unterwäsche ergossen. Sie sprang auf und rannte durch den Wald zur Straße. Die letzten Schritte bis zur Haustür ging sie etwas langsamer und schaute sich noch ein paar Mal um.

Nach dem vierten Klingeln öffnete der Hausherr. Wieder im Morgenmantel, Zigarre rauchend und einen Cognac schwenkend, stand er vor ihr. Ohne ein Wort zu sagen, wand sie sich an ihm vorbei und stürmte die Treppe hinauf. Oben angekommen, zog sie rasch Jacke und Rock aus und wusch ihren Schlüpfer in der Waschschale mit Seife und kaltem Wasser, wrang ihn aus und hängte ihn über das Bettgestell. Plötzlich ging hinter ihr die Tür auf; sie hatte vergessen abzuschließen. Der Hausherr, seines Morgenrocks entledigt, stand im Pyjama vor ihr. Er starrte auf ihren nackten Unterkörper und näherte sich langsam, dabei hinter sich die Tür verschließend.

„Meine Schwiegertochter ist heute im Hospital, der Bastard von Sohn ist auch wieder unterwegs und die

Kinder schlafen bei Piepers," lallte er. „Ich nehme diese Gelegenheit als Einladung sehr gerne an!"

Er packte sie an den Armen, drehte sie herum und warf sie mit dem Oberkörper auf das Bett. Sie spürte, wie sein erigiertes Glied an ihr Gesäß drückte. Sie wusste, man würde ihr Schreien nicht hören, spannte wieder alles an, derweil er die Beine ein wenig auseinanderschob und es ihm schließlich gelang, sein Vorhaben umzusetzen. Der Schmerz, den sie verspürte, wurde von einem Stöhnen begleitet, das den Alten noch mehr antrieb, um schon nach wenigen Stößen von ihr abzulassen.

Er hatte das Zimmer längst verlassen, als sie nochmal zur Tür ging, um abzuschließen. Sie wusch ihre blutverschmierte Scham und versuchte zu schlafen. Als es am Morgen hell wurde, hatte sie nach einer schlaflosen Nacht ihren Koffer gepackt, war leise die Treppe hinuntergeschlichen, hatte ganz vorsichtig die Haustür hinter sich zugezogen und war mit schnellen Schritten zur nächsten Bushaltestelle gegangen.

Freundliche Aufnahme

Sie hatte niemandem darüber berichtet, war nicht zur Polizei gegangen. Sie war es gewohnt, als Einzelkind alles mit sich allein auszumachen. Von ihrer Mutter hatte sie keinerlei Empathie oder Trost zu erwarten, der Vater zwar verständnisvoll, aber dann im Krieg, anschließend dann hochdepressiv, hatte sich schon vor sechs Jahren das Leben genommen.

Sie konnte die genauen Details des Vorabends kaum mehr richtig zusammenstricken, die Erinnerung blieb wie in Nebel gehüllt. Die Reihenfolge der Ereignisse wirbelten durcheinander und sie bekam so etwas wie ein Matschgefühl im Kopf. Der Kerl im Park ohne Gesicht verfolgte sie noch Wochen später in ihren Träumen. War der Hausherr bei ihr im Zimmer gewesen? Sie konnte sich – noch vom Überfall im Park völlig geschockt – kaum an Einzelheiten erinnern, was sie danach getan hatte. Ach ja! Sie hatte den Schlüpfer ausgewaschen. Das Gesicht des Hausherrn erschien ihr zwischenzeitlich, verschwand dann aber irgendwie in der Waschschale. Hatte sie das geträumt?

Sie hatte eine gewisse Ahnung vom Triebleben der Männer, hattes es zu Hause immer wieder entsprechend gedeutet und geschwiegen. Sie wagte nie nachzufragen, bekam ansonsten nur flapsige Kommentare und Drohungen von der Tante und der Mutter. Die Kerle seien doch alle gleich, wollten am Ende immer dasselbe.

Die Mutter war allerdings äußerst erstaunt, als eines Morgens Ende März plötzlich ihre Tochter mit einem Koffer vor der Tür stand. Hier könne sie nicht bleiben, das Zimmer sei längst untervermietet, sie könne sie nicht weiter durchfüttern, sie solle zurückkehren oder bei der neuen Chefin anklopfen und sehen, wie sie klarkommt.

Den schweren Koffer immer wieder abstellend, kämpfte sie sich zurück zur Bushaltestelle und fror. Es war Samstagmorgen und sie fand schließlich am Bahnhof ein Telefonhäuschen. Sie kramte nach ein paar Groschen und suchte das Zettelchen, auf dem sie Anschrift und Telefonnummer von Familie Reus notiert hatte.

„Reus," meldete sich eine Frauenstimme.

„Guten Morgen, Frau Reus. Melanie Engel hier. Ich fange bei Ihnen am 1. April als Haushälterin an. Sagen Sie, könnte ich wohl schon heute bei Ihnen unterkommen? Mein Zimmer wurde kurzfristig neu belegt und meine Mittel reichen nicht für ein paar Tage im Hotel."

„Von mir aus gern! Aber Ihr Zimmer ist noch nicht komplett eingerichtet; es fehlen noch ein paar Möbelstücke und der Maler muss heute noch mal rein."

„Das ist nicht schlimm. Hauptsache ich habe ein Bett zur Nacht."

„Wann wollen Sie denn kommen?"

„Am liebsten sofort; ich kann in einer knappen Stunde da sein."

„Na – das geht ja fix. Ich hoffe, Sie sind beim Haushalt auch so flott! Klingeln Sie an der Seitentür, meine Tochter wird Ihnen öffnen, da können Sie ihre Habe erst mal im Hausflur abstellen."

„O, vielen Dank Frau Reus! Bis nachher."

Nach mehrmaligem Klingeln öffnete ein etwa 15-jähriges Mädchen die Tür, lächelte verlegen und bat Melanie, nachdem sie sich kurz vorgestellt hatte, freundlich herein, ließ sie den Koffer im Flur abstellen und den Mantel über das Gepäck legen.

„Kommen Sie, ich zeig Ihnen die Räumlichkeiten, meine Mutter ist noch einkaufen, sie hat mich bereits instruiert."

„Instruiert," wie gebildet sich dieses Mädchen ausdrücken konnte, dachte Melanie, folgte dem Mädchen und staunte über die noble Ausstattung von Wohn- und Esszimmer. Und erst die Küche! Ein wahrer Traum! Hier sollte sie ab sofort arbeiten, das gefiel ihr.

Tatsächlich stellte sich die Familie Reus als sehr freundlich und entgegenkommend heraus und Melanie begann zwei Tage früher als geplant am 29. März ihren Dienst bei der Familie. Als aber am Monatsende des April Melanies Mutter an der Tür klingelte, um wie gewohnt von Frau Reus den Lohn der noch minderjährigen

Tochter zu kassieren, wie sie es bereits vorher regelmäßig bei den Terjohns getan hatte, rief die Hausherrin zu Melanie hinauf, sie solle doch mal dazu kommen.

„Treten Sie doch ein, das sollten wir nicht zwischen Tür und Angel besprechen," bat Frau Reus Hilde Engel.

Hilde sah sich neugierig um und staunte über die Eleganz und Großzügigkeit der Wohnungseinrichtung und ließ ihren Blick beinah ehrfürchtig an den vielen Buchrücken der Regale im Wohnzimmer entlanggleiten.

„Sie haben eine fleißige Tochter, die den Lohn, den wir zahlen, durchaus wert ist. Sie wird bald 18 und so wie ich es sehe, ist ihre Garderobe nicht üppig und sie wird, um sich passend einkleiden und pflegen zu können, einiges für sich behalten müssen. Warum muss sie denn an Sie als Mutter noch Geld abführen? Denn Kostgeld ziehen wir ja bereits ab."

„Sie ist noch nicht volljährig. Außerdem ist sie es mir für meinen bisherigen Aufwand schuldig!"

„Bitte?" Barbara Reus entglitten die Gesichtszüge und sie schob bereits nach: „Sie wollen für die Aufzucht der letzten Jahre ein Honorar kassieren? Was sind Sie denn für eine Mutter?"

„Aber das steht mir zu. Ich habe sie jahrelang durchgefüttert. Jetzt ist sie dran," entgegnete Hilde.

„Was Ihnen zusteht, das wird Ihnen mein Mann noch schriftlich mitteilen. Er ist Rechtsanwalt und Notar. Ich darf Sie nun bitten, meine Wohnung zu verlassen."

Noch laut schimpfend drehte sich Hilde um und verließ das Gebäude. Melanie war die Situation sehr peinlich. Leichenblass stand sie da und senkte verlegen den Blick.

„Das sollte der so passen. Du machst hier gute Arbeit, mein Kind. Und leben musst du ja auch noch. Wenn deine Mutter hier wieder auftaucht, dann ruf mich getrost dazu. Und nun, hurtig wieder an die Arbeit!"

„Danke!" brachte Melanie noch hervor und verschwand schon in der Küche. Mit noch zittrigen Händen schälte sie die Kartoffeln und hätte beinah vergessen Salz in das Kartoffelwasser zu tun.

Melanie hatte von diesem Tag an nie wieder von ihrer Mutter gehört. Es gab keine Geburtstagskarten, keine Wünsche zu Weihnachten, nichts. Erst Jahre später erfuhr sie, dass ihre Mutter bereits ein paar Monate später an Lungenkrebs verstorben war.

Kinobesuche

Ende Juni bekam Melanie das erste Mal ein ganzes Wochenende frei. Bisher hatte sie auch an den Samstagen Dienst tun müssen und wollte sich nun einen Kinobesuch gönnen. Sie hatte sich ein wenig mit der Tochter von Frau Reus angefreundet. Gudrun war gerade 16 geworden und bettelte schon lange ihre Eltern an, ins Kino gehen zu können.

„Ich gehe am Samstag ins Kino. Da kann Gudrun gern mitkommen. Zu zweit macht es doch auch mehr Spaß."

Melanie ging nicht gern allein unter Leute. Besonders in der dunkleren Jahreszeit mied sie Räumlichkeiten, in denen mehr Männer zugegen waren. Im Kino setzte sie sich immer an den Rand und achtete darauf, dass die Nachbarin weiblichen Geschlechts war. Die Einkäufe für den Haushalt erledigte sie rasch und vergaß nie etwas. Und so war sie ganz erleichtert, als Frau Reus einlenkte und endlich rief: „Na gut!"

„Aber Gudrun ist spätestens um Acht wieder zu Hause, ist das klar!"

„Klar wie Kloßbrühe!" riefen Gudrun und Melanie wie aus einem Munde. Melanie hatte diesen Spruch oft auf den Lippen, wenn sie gut gelaunt war und Gudrun lachte stets, wenn sie das sagte. Manchmal schaute nämlich Melanie der Gymnasiastin beim Hausaufgabenmachen über die Schulter, wenn Frau Reus nicht im Haus war. Dabei stellte Melanie auch mal Fragen zu den Aufgaben und der lernbegierigen Gudrun machte es Freude, wenn sie Melanie das ein oder andere erklären konnte und ein wenig mit ihrem Wissen glänzen konnte. Und dabei antwortete Melanie auf Gudruns Frage: „Ist das klar geworden?" immer wieder mit: „Klar wie Kloßbrühe," und beide lachten. Gudrun erklärte gerne, weil sie merkte, dass sie dadurch das Gelernte noch besser verstand und in der Schule wiedergeben konnte. Die Beziehung blieb bei aller Nähe trotzdem lange von Respekt geprägt. Erst nach der Geburt des kleinen Gerhold begannen sie sich zu duzen. Melanie hatte, obwohl sie die Ältere war, bisher nicht gewagt Gudrun das „Du" anzubieten. Gudrun wiederum nahm das Angebot erleichtert an. Bis dahin traute auch sie sich nicht und eiferte dem Vorbild der Mutter nach.

Im Mai war Melanies Regelblutung ausgeblieben. Das kam schon mal vor und sie schob das Ausbleiben darauf zurück, dass sie in neuer Umgebung lebte und auch in der Arbeit sehr von Frau Reus gefordert wurde. Gleichzeitig vergaß Frau Reus aber auch nicht, Melanie zu loben und Fehler sah sie ihr gern nach, weil Melanie kaum Fehler machte.

Auf dem Heimweg vom Kino saß Gudrun im Bus neben Melanie und sprach ununterbrochen. Der Film hatte ihr gefallen und sie sprudelte nur so vor Freude über den schönen Nachmittag mit Melanie. Zuerst hatte Melanie noch zugehört und immer wieder genickt. Je länger die Busfahrt aber dauerte, umso blasser wurde Melanie. Ihr wurde vom Schaukeln und Abbremsen des Busses richtig übel. Gudrun merkte es zunächst nicht. Erst als Melanie sich plötzlich auf dem Heimweg in die Buchenhecke eines der Nachbargärten erbrach, legten sich ernste Sorgenfalten auf die Stirn der Sechzehnjährigen.

Die Übelkeit hörte auch am Sonntag nicht auf und Frau Reus fuhr dann mit Melanie zu deren Hausarzt. Das Ganze war Melanie sehr peinlich und unangenehm, aber Frau Reus beschwichtigte Melanie immer wieder und fragte, ob sie dabei sein sollte, wenn der Arzt sie untersuchte.

„Wenn ich ehrlich bin, ja," antwortete Melanie. „Sie sind sehr gut zu mir. Ich vertraue Ihnen."

Frau Reus fühlte sich bestätigt, sie half gerne, wenn sie dazu Gelegenheit bekam. Einerseits immer selbstbewusst und im Ton auch mal recht resolut, fand sie immer wieder das richtige Maß zwischen Empathie und eigenem Interesse. Und Melanie arbeitete gut, verstand sich mit ihrer Tochter und wirkte absolut ehrlich, wenngleich Frau Reus manchmal eine gewisse Verschlossenheit bei ihr bemerkte. So hielt sie respektvollen, beinah ehrfurchtsvollen Abstand von ihrem Gatten und männlichen Besuchern, blieb dabei aber immer freundlich und unaufdringlich.

„Ja junge Frau, wenn ich das richtig sehe, dann sind Sie schwanger," seufzte der Arzt.

Melanie zog es regelrecht den Boden unter den Füßen weg. Der Satz wirkte auf sie wie ein Hammerschlag und wenn sie nicht bereits gesessen hätte, wäre sie wohl auf den Hosenboden gesackt.

„Aber Mädchen," meldete sich nun Frau Reus zu Wort. „Wie ist das möglich? Du warst in der ganzen Zeit bei uns doch ohne Männerkontakt."

„Wenn ich richtig gerechnet habe, dann muss es schon im März passiert sein," warf nun der Arzt ein.

„Also vor unserer Zeit," kommentierte nun wieder Frau Reus. „Aber Mädchen, was ist denn gewesen, hattest du eine Liebschaft?"
Melanie saß wie apathisch da und schüttelte langsam den Kopf.

„Nun red´ schon, Mädchen! Wie hast du deine Unschuld verloren?"

Die Notarsgattin sah Melanie ernst, mit einer Mischung aus Mitgefühl und Empörung und mit fragender Miene an.

„Ein M…, ein … Mann hat mich im Park vergewaltigt," stotterte sie leise und die Notarsgattin und der Arzt sahen sich verdutzt an.

„Weißt du denn, wer es war?" fragte nun der Arzt.

„Warum hast du denn nichts gesagt?" fiel jetzt Frau Reus dazwischen.

„Jetzt lassen Sie das Mädchen doch mal erzählen," entgegnete der Arzt forsch.

Einen Moment noch schwieg Melanie und hob dann aber an zu reden.

„Ich konnte ihn nicht erkennen! Es war doch so dunkel und er lag rücklings auf mir drauf. Ich konnte mich nicht wehren und bin schnell nach Hause gelaufen, als er endlich von mir abgelassen hatte. Ich habe gehofft, dass nichts passiert ist und niemanden etwas gesagt; sonst wäre ich vielleicht aus meinem Zimmer geflogen. Aber ich hab´s nicht ausgehalten und bin gleich am nächsten Morgen abgehauen. ---
– Frau Reus, ich bin Ihnen ja so dankbar, dass Sie mich damals gleich aufgenommen haben. Was soll ich denn nun tun?"

„Für eine Abtreibung dürfte es wohl zu spät sein. Der Fötus ist schon zu weit entwickelt," ließ der Arzt noch schnell einfließen, bevor die Notarsgattin wieder ins Gespräch eingriff.

„Du kannst natürlich erst mal bei uns bleiben. Zu Deiner Raben-Mutter lasse ich Dich nicht zurück. – Herr Doktor, ich werde dies Mädchen nicht im Stich lassen. Ich kümmere mich. Wir werden das schon hinkriegen."

„Ich wünsche Ihnen beiden alles Gute. Kommen Sie regelmäßig zu den Vorsorgeuntersuchungen, Frau Engel! Ich schreibe Ihnen eine Überweisung zum Gynäkologen."

„Danke, Herr Doktor!"

„Danke, vielen Dank!"

Melanie arbeitete weiter im Haushalt des Notars, der fast den ganzen Tag außer Haus war und auch nicht selten an den Wochenenden beruflich unterwegs war. Die Gattin kümmerte sich liebevoll um Melanie, ohne es an der nötigen Strenge dann fehlen zu lassen, wenn etwas nicht nach ihren Vorstellungen umgesetzt wurde. Deren beider Tochter Gudrun machte schon ein Jahr nach Gerholds Geburt ihr Abitur und begann in Bonn ein Jurastudium. Als sie von der Schwangerschaft erfuhr, bekam sie Mitleid mit dem Mädchen, das sie immer noch siezte, was ihr dann doch irgendwie antiquiert und befremdlich vorkam. Sie bestand darauf, Patin zu werden und setzte sich später - auch beruflich - für die Rechte von Frauen ein.

Die Begegnung mit dem Hausherrn an jenem Abend verschwieg Melanie, zumal sie sich nicht mehr an den genauen Ablauf erinnern konnte. Darüber hinaus fürchtete sie den Groll der Familie Terjohn, wenn ihre

Schwangerschaft dort bekannt werden würde, denn sie hatte Angst, dass man ihr nicht glauben und ihr sogar Absicht oder geheime Liebschaften unterstellen würde und die alleinige Schuld zuweisen würde. Niemand würde ihr glauben, es gab keinerlei Beweise für die Vergewaltigungstat.

Fünf Monate später brachte sie im städtischen Hospital einen gesunden Jungen zur Welt, den sie nicht gewollt hatte. Aber sie hatte Glück mit der Familie Reus. Die Familie des Juristen unterstützte sie in allen Bereichen und so nahm sie schließlich ihr Schicksal an.

Schulzeit

Melanie wohnte noch bis zum dritten Lebensjahr des kleinen Gerhold bei der Notarsfamilie Reus. Gudrun hatte inzwischen in Bonn das Studium begonnen, so dass ihr Zimmer kurzerhand für den kleinen Jungen hergerichtet wurde, worüber Gudrun als Patentante sich sehr freute. Melanie lernte irgendwann bei einem ihrer vielen Kinobesuche einen fünf Jahre älteren Herrn kennen, der ihr schon bald einen Heiratsantrag machte. Frau Reus riet ihr zu und so nahm Melanie den Antrag an und zog zu ihm in eine kleine Wohnung am anderen Ende der Stadt. Der Ehegatte erwies sich als liebevoller Mann und Stiefvater, der den kleinen Jungen ebenso ins Herz schloss wie Melanie. Er war keine Schönheit, eher bescheiden und von schlichtem Gemüt, aber fleißig und sparsam, so dass die Familie gut mit seinem Gehalt als Polizist auskam. Weil Ewald meist als Verkehrspolizist arbeitete, nannte Melanie ihn gelegentlich liebevoll ihren „Schutzmann".

Als Gerhold eingeschult werden sollte, entschloss sich Melanie wieder halbtags zu arbeiten. Ihr Mann Ewald war kränklich geworden und schon bald stellten die Ärzte Darmkrebs fest. Melanie pflegte ihn und ging in den frühen Morgenstunden bei einer Behörde putzen. Leider fand sie nicht genügend Zeit, um die ersten Elternabende ihres Sohnes in der Schule zu besuchen. Melanie schaute aber immer sorgfältig auf die

Hausaufgaben des kleinen Jungen und tat dann das, was sie schon bei Gudrun vor Jahren getan hatte; sie stellte Fragen. Und der Junge antwortete gern und freute sich, wenn er der Mama etwas erklären konnte und Melanie sich für seine Ausführungen bedankte und ihn lobte.

Ewald starb dann doch recht plötzlich, als Gerhold ins dritte Schuljahr kam. Der Junge vermisste seinen „Papi", kam aber schließlich gut damit klar. Er war ein aufgeweckter Junge mit rascher Auffassungsgabe und fand schnell Freunde im Umkreis der Wohnung und in der Schule. Nur einmal fragte er Melanie: „Du, Mama, warum heiße ich nicht wie Papa?"

Irgendwann musste diese Frage des Jungen kommen, daher war Melanie vorbereitet. „Weil Papa und ich erst geheiratet haben, als du längst auf der Welt warst. Und ich wollte nicht, dass du, mein Engel, Scherzinger heißt."

Damit gab sich Gerhold zufrieden, er fand Engel auch viel schöner als Scherzinger; damit hätten ihn die anderen Kinder nur gehänselt.

Eines Tages brachte Gerhold einen Klassenkameraden mit nach Hause. Er hieß Gernot und wohnte ein paar Häuserblocks weiter. Seine Mutter, Frau Pierer, die Fabrikantentochter, war geschieden und hatte nach der Scheidung ihren Mädchennamen wieder angenommen. Darauf hatten auch die Eltern der Fabrikantentochter gedrängt, aber das war auch im Sinne von Gisela Pierer.

Ihr Sohn Gernot und Gerhold spielten gerne zusammen und gingen in dieselbe Schulklasse an der evangelischen Volksschule. Beide blond, schlank und hochgewachsen, so war doch eine gewisse Ähnlichkeit unübersehbar.

Und doch waren sie unterschiedlich. Gerhold war eher ungeduldig und hatte ständig neue Ideen. Auch war er mutiger und lauter als Gernot. Gernot war der Beobachter und es gelang ihm immer wieder, Gerhold mit dessen Temperament etwas zu bremsen. Sie taten sich beide gut, glichen sich aus und fanden auch im Streitfall stets gute Kompromisse. Zwar war Gernot im Sport etwas schneller, dafür war Gerhold ein sehr guter Schwimmer. Melanie war mit ihm schon früh regelmäßig schwimmen gegangen und hatte dafür auf die geliebten Kinobesuche verzichtet, zumal nun sowieso ein Fernsehapparat das Wohnzimmer schmückte und Ewald half, die Langeweile und auch ein wenig die Schmerzen zu vertreiben. Und so nahmen die beiden Jungen beim Fußballspielen auch unterschiedliche Positionen ein; Gernot stürmte immer wieder vorneweg, während es Gerhold vorzog, das Geschehen von hinten im Blick zu behalten, um im rechten Moment dazwischenfahren zu können.

„Na! Das ist ja ein Zufall," rief Melanie, als Gerhold ihr erzählte, dass Gernots Mutter, Frau Pierer, Gerhold zur Geburtstagsfeier ihres Sohnes eingeladen hatte.

Als Melanie dann den Nachnamen des Jungen das erste Mal hörte, gab ihr das einen Stich ins Herz. Nüchtern betrachtet, war es reiner Zufall und doch war es gefühlt kein Zufall, sondern irgendwie - Bestimmung. Der Sohn ihrer einstmaligen Ausbilderin und Vorgesetzten, die nun Pierer hieß, ging mit Gerhold in eine Klasse. Sie musste ein paar Mal tief atmen, bevor sie sagte:

„Ihr habt beide am gleichen Tag Geburtstag und besucht beide die gleiche Klasse. Ich hoffe, wir können uns beim nächsten Geburtstag revanchieren. Dann laden wir mal Gernot zu uns ein."

Aber auch im Folgejahr war Frau Pierer schneller und hatte bereits wieder eingeladen. So musste Melanie die Geburtstagsfeier für ihren Sohn etwas umgestalten und feierte mit ihm immer am Folgewochenende und nahm ihn mit ins Kino. Eigentlich war sie ganz froh. Wie hätte sie auch eine vergleichbare Geburtstagsfeier in der engen Wohnung gestalten können? Außerdem wollte sie nach Möglichkeit der ehemaligen Vorgesetzten nicht begegnen. Frau Pierer stutze zwar, als sie den Nachnamen von Gerhold das erste Mal von Gernot erfuhr, dachte aber nur, dass der Nachname wohl häufiger in dieser Region vorkomme. Ein Zusammenhang mit dem ehemaligen, jungen Hausmädchen kam ihr gar nicht in den Sinn.

Bei den Hausaufgaben half Gerhold gern Gernot, der dafür immer wieder kleine Präsente aus dem Haushalt der Fabrikantentochter mitgehen ließ. Gernot verstand es, die richtigen Fragen zu stellen und Gerhold konnte gut erklären. Kurzum: Die beiden waren unzertrennlich und besuchten später das Gymnasium des Ortes. Allerdings kam Gerhold in eine andere Klasse als Gernot, was ihrer Freundschaft aber keinen Abbruch tat, umso mehr hatten sie einander zu erzählen.

Tatsächlich fand Melanie jetzt endlich Zeit, auch die Elternabende zu besuchen und sie freute sich, dass Gerhold gute Noten mit nach Hause brachte. Lediglich in den naturwissenschaftlichen Fächern kam er über ein „befriedigend" nicht hinaus, und so entschloss er sich, ab der siebten Klasse den neusprachlich dominierten Zweig mit zwei weiteren Fremdsprachen zu wählen. Gernot war nicht ganz so gut, aber die Fächer Mathematik, Physik, Biologie und Erdkunde lagen ihm besser als Sprachen, wenngleich er im Klassendurchschnitt unauffällig mitschwamm.

Melanie hatte den Namen ihres verstorbenen Gatten angenommen und das Alter hatte auch bei ihr Spuren hinterlassen. Zu ihrer Erleichterung erkannte Frau Pierer Melanie zunächst nicht wieder. Darüber war Melanie mehr als erleichtert, zumal die Erinnerung an das Ende ihrer Lehrzeit bei ihr immer wieder Unwohlsein, Denkhemmungen und Ohnmachtsgefühle hervorriefen, denen sie sich nur schwer erwehren konnte.

Vergangenheitsbewältigung

Der im Hause lebende Großvater blieb Gernot stets ein Rätsel. Der schien um alles und jeden Besuch irgendwie ein Geheimnis zu machen, mischte sich im Gegenzug aber fast nie in die Angelegenheiten des Sohnes und dessen Ehefrau ein. Nicht einmal in die Wohnung im Obergeschoss kam der Junge. Opa war entweder auf Reisen oder schlief, hieß es. Im Gegenzug kam der Opa auch nur sehr selten, etwa zu dem einen oder anderen Feiertag, zu Besuch ins Parterre. Er hätte auch hundertachtzig Kilometer entfernt wohnen können, das hätte wohl kaum einen Unterschied gemacht. Zudem war ja der Opa oft auf Reisen und häufig nicht länger im Hause.

Gegenüber der „Dame des Hauses", wie der Opa Gernots Mutter nannte, verhielt er sich distanziert freundlich, mit Jonathan sprach er nur das Notwendigste. Je älter Gernot wurde, desto deutlicher spürte er die Kälte zwischen ihnen und so übertrug sich diese Kälte auch auf Gernot und der Opa blieb für ihn immer irgendwie so etwas, wie ein Fremder auf Besuch.

Hin und wieder kamen unter seinen wässrig grauen Augen Worte aus dem Mund, die einen gewissen, herablassenden Sarkasmus verrieten. Gelegentlich schimpfte er wegen der Gastarbeiter, dann wollte er die „Sozis" zum Teufel jagen, den Jungen zum Frisör schicken, schimpfte über die Hottentotten-Musik, die aus

Gabys Zimmer drang, und dann wieder warnte er vor dem Wehner, dem Brandt und vor den Russen, die alles gleich machen wollten und alles kontrollierten.

Jonathan beteiligte sich nicht an solchen Gesprächen, sondern überließ das Reden der Ehefrau, die einerseits ihr Zuhörtalent bewies, sich aber niemals auf die Gleise solcher reaktionär-konservativen Schienen ziehen ließ. Sie kannte ähnliche Sprüche schon von ihren eigenen Eltern, wenngleich nicht in derselben Schärfe und sie war solche politischen Diskussionen leid. Die Alten änderten ihre Meinung sowieso nicht mehr.

Nur einmal wagte sie Alfred etwas zu widersprechen. „Wenn ich dich manchmal so reden höre, Alfred, dann denke ich, du bist in der Zeit vor 1945 stehen geblieben." „Ja," erwiderte Alfred daraufhin: „Es war eben nicht alles nur schlecht damals!"

Aber er führte daraufhin keine weiteren Erläuterungen hinzu und Gisela war klug genug, besser keine Nachfragen zu stellen. Ihr Gatte und sie ahnten längst, dass er wohl während der Zeit des Nationalsozialismus keine vorzeigbare Rolle gespielt haben dürfte. Sie befanden es darum und darüber hinaus für richtig, wenn ihr Sohn Gernot auch gar nicht engeren Kontakt bekam.

Als er schon zwölf war, fragte Gernot einmal seine ältere Schwester Gaby, was sie von ihrem Opa halte. „Im Vergleich zu Mamas Eltern ist der eher undurchsichtig, aber ob der Nazi war? - Ich weiß nicht! Spricht viel dafür, aber ich hab´ für mich entschieden, dass ich es besser gar nicht wissen möchte. Ich mag ihn jedenfalls nicht. Der glotzt mich immer so durchdringend an. Das irritiert mich. Ich bin froh, dass er nur Weihnachten und zum Geburtstag da ist. Ich hoffe, dass wir nur Geld und Vermögen und weniger die Gene von ihm erben!"

Je älter Gernot wurde, desto drängender wurden aber die Fragen, die er hier nicht stellen sollte oder durfte. Seine Neugier steigerte sich noch einmal, als später im Geschichtsunterricht durch einen jungen Lehrer die Zeit der Weimarer Republik und der Nazi-Herrschaft behandelt wurde. War Opa in der NSDAP? Was hat er im Krieg gemacht? Warum sprach er nie darüber? Hat er vielleicht sogar Verbrechen begangen, Menschen getötet? Gernots Gefühle gegenüber seinem Opa schlugen beinah in richtigen Hass um. Aber er hatte keine Beweise. Tat er ihm vielleicht unrecht? Das würde er sicher irgendwann herausfinden.

Sie waren beide zwölf Jahre alt, besuchten das Gymnasium und Gerhold kam bei den Mädchen wegen seiner blonden, langen Haare besonders gut an und hatte sich in ein Mädchen verliebt, das eine Klasse unter ihm das Gymnasium besuchte. Gernot hingegen durfte sich nicht die Haare länger wachsen lassen, obwohl er darum bettelte, aber das ging den eigentlich eher liberal eingestellten Eltern dann doch zu weit, weil sie es als Ungepflegtheit empfanden.

Gerholds erste Freundin Lisa hatte eine Freundin, die beiden verkuppelten gewissermaßen Gernot mit dem Mädchen, um sodann zu viert im Stadtpark auf der Wiese zu liegen, um Musik aus Radio und Kassettenrecorder zu hören. Gernot war nicht wirklich verliebt in Katrin, aber er wollte auch nicht hintenanstehen und machte einfach mit. Tatsächlich hielt die Beziehung dann auch nicht länger als ein paar Monate und ein wenig später ging auch die Beziehung von Gerhold und Lisa auseinander.

Beide begeisterten sich zunehmend für das Fußball-Training und kickten bei gutem Wetter fast jeden Nachmittag auf einem Bolzplatz in der Nähe eines Kinderspielplatzes, wo sie in einer schlecht einsehbaren Ecke unter Bäumen ihre ersten Züge aus der Zigarette nahmen. Aber beiden gefiel das überhaupt nicht. Gernot wurde immer schwarz vor Augen und schmecken tat es auch nicht. Und auch Gerhold fand wenig Gefallen am Paffen, aber stellte fest, dass man als Raucher leichter in Kontakt kam, vor allem mit dem anderen Geschlecht. Ihre Freundschaft war einzigartig, selbst bei Meinungsverschiedenheiten zollten sie sich Respekt und trugen einander niemals etwas nach. Sie lachten viel und gerne und ihre Ironie irritierte manchen, der ihnen beim Reden zuhörte.

Einen Bruch gab es, als Gaby auf tragische Weise ums Leben kam. Gerhold ließ sich von seinen Eltern im Schwimmverein anmelden und verbrachte mehrmals die Woche in der Schwimmhalle. Zwar wurden die Begegnungen der beiden damit seltener, aber sie blieben im freundschaftlichen Kontakt und trafen sich oft an den Wochenenden auf privaten Partyfeiern, schauten gemeinsam die Fußballweltmeisterschaft in Argentinien oder unternahmen gemeinsame Fahrradtouren.

Gernot erzählte seinem Freund auch von seinem seltsamen Großvater. Gerhold begann daraufhin sich für die Geschichte des Nationalsozialismus zu interessieren und fand des Öfteren den Weg in die Stadtbibliothek. Er stellte Gernot gezielte Fragen, aber Gernot konnte ihm daraufhin nur wenig Konkretes sagen. Fast jedes Jahr führe der Opa zu einem längeren Urlaub nach Schweden oder nach Thailand und vermögend sei er wohl. Er meine, dass der Opa Zahnarzt oder Frauenarzt gewesen sei. Den Zweiten Weltkrieg habe er an der Ostfront verbracht, habe aber beim Vormarsch der Russen fliehen können. Mehr wisse er vom Opa nicht.

Scheidung und Tod

Noch vor der Einschulung des Sohnes hatten sich Gisela Pierer und Jonathan Terjohn scheiden lassen. Der Ehemann war kaum zu Hause und selbst an den Wochenenden gab er vor, wichtige Termine wahrnehmen zu müssen. Sie lebten sich auseinander und wenn Jonathan einmal zu Hause war, gab es oft Streit. Für Gisela überraschend, schlug Jonathan eines Tages die Scheidung vor. Von ihm finanziell, ob ihres Erbes aus der Fabrik der Eltern unabhängig und im Interesse der Kinder, willigte Gisela angesichts der offenkundigen Meinungsverschiedenheiten ein. Gleichwohl und zu einer gewissen Verwunderung von Gisela kam Jonathan seinen Pflichten als Vater zweier Kinder weiterhin vorbildlich nach.

Unter dem Tod seiner Tochter litt er sichtlich und achtete umso mehr darauf, dass sein Sohn Gernot mit gebührender Aufmerksamkeit und Wertschätzung zu allen möglichen Anlässen bedacht wurde. Er heiratete nicht wieder. Erst als Anfang 1986 bei ihm die Diagnose AIDS bekannt wurde, dämmerte es Gisela, dass er sich den HI-Virus wohl in einer bestimmten Gesellschaft eingefangen hatte, die sie im homosexuellen Milieu glaubte, verorten zu dürfen. Das erklärte ihr im Nachhinein sein Verhalten vor und während des von ihm ins Spiel gebrachten Scheidungswunsches.

Auch Alfreds Sexualgebaren war Gisela nicht gänzlich verborgen geblieben, zumal gewisse Frauenbesuche ihr seltsam erschienen, vor allem dann, wenn junge Männer in Begleitung waren. Jonathan hatte zu den Vorlieben des Vaters zudem gewisse Andeutungen gemacht, aber nie detailliert dazu gesprochen. Nazi sei Alfred gewesen und habe durchaus dunkle Seiten, die man besser nicht entdecken wolle.

Interessanterweise verbesserte sich die Beziehung zwischen Gisela und Jonathan, sie waren sich im Hinblick auf die Erziehung des Sohnes meist einig und fanden viel öfters zusammen, um längere Gespräche zu führen. Gisela fiel auch auf, dass Jonathan schlanker wurde und sich modischer kleidete, aber er wurde auch blasser und wirkte immer kränklicher. Jonathan profitierte allerdings auch beruflich von der Verbindung zu den Pierers. Viele Bauten zur Schweinehaltung gingen auf Jonathans Konto, der von Gisela die Zulieferer der Fleischwarenfabrik genannt bekam, die immer genau wusste, wo die Umsatzzahlen stiegen.

Als Alfred erfuhr, dass Gernot sich für den Zivildienst entschieden hatte, konnte er sich nicht zurückhalten und rief Gisela im Hausflur zu: „Da folgt denn wohl ein Bastard auf den nächsten! Ist euch das nicht peinlich? Der Junge muss zum Militär, sonst wird nie was aus dem!"

Gisela rief umgehend Jonathan an, um ihre Empörung zum Ausdruck zu bringen.

„Was bildet sich dieser Nazi-Kopp eigentlich ein? Der spinnt jetzt wohl völlig!"

Schon auf dem Krankenlager, rief Jonathan, der ob seiner Liaison mit einigen Freunden aus der Schwulen-Szene auch Bekanntschaft mit Skin-Heads gemacht hatte, daraufhin bei Alfred an. Die Ansichten seines ungeliebten Vaters waren ihm wohlvertraut und der Affront gegenüber seinem Sohn brachte nun das Fass zum Überlaufen.

„Du hast meine Mutter missbraucht, die mich nicht abgetrieben hat und der ich so viel Liebe und Zuwendung zu verdanken habe. Du hast sie verstoßen, dich die ersten Jahre nicht zu mir bekannt. Erst als sie deinen Faux pas gegen sie aufgrund eindeutiger Beweise gegen dich zu verwenden wusste, hast du meine Existenz geduldet und ich dachte damals nicht, dass du so ein Scheusal bist. Aber deine ständigen Nörgeleien gegen mich und meine Familie bin ich nun endgültig leid. Ich schäme mich, dass du mein Vater bist. Der Junge macht das, was er für richtig hält, is´ das klar? Und halt´ dich von meiner Frau und meinem Sohn fern und wage es nicht, auf meiner Beerdigung zu erscheinen!" sprach´s und legte den Hörer auf.

Gleich nach Beendigung des Zivildienstes seines Sohnes verstarb Jonathan an den Folgen der Viruserkrankung. Gernot hatte ihn bis zuletzt regelmäßig besucht und der Vater dankte es dem Sohn mit wohlmeinenden Worten und einem zufriedenen Lächeln, als er schließlich starb.

Im Treppenhaus

Alfred Terjohn nahm im selben Maße an Gewicht zu, wie es sein Sohn infolge der Viruserkrankung verlor. Gleich nach dem tragischen Tod seiner Enkeltochter Gabriele war er in Pension gegangen und unternahm viele Reisen nach Fernost. Thailand war immer wieder ein beliebtes Reiseziel, bis er 1982 als bereits 65-jähriger eine junge Thailänderin mit zurück nach Deutschland brachte. Es sei ihm egal, was andere dächten, sagte er zu Gisela. Sie könne ja ausziehen, wenn ihr das nicht passe, hatte er ihr noch hinterhergerufen, aber Gisela hatte schon längst abgewunken und ließ sich von ihm nicht provozieren.

Sie mochte ihn nicht und er sie nicht. Alfred pflegte in gewisser Weise und trotz seiner reaktionären Ansichten einen eher legeren Lebensstil und kaum eine Putzfrau hielt es lange bei ihm aus und so wechselte das Zugehpersonal häufiger als es Gisela recht war. Alfred war das völlig gleich. Er heuerte an und entließ, wenn etwas ihm nicht passte. Mal waren sie ihm zu prüde, mal zu schwatzhaft und wieder ein anderes Mal gingen die Damen von sich aus.

Und nun hatte er diese Thailänderin geholt. Wie lange das wohl gut ging? Aber Sun Chi, wie sie genannt wurde, war leidenserprobt. Sie war älter als sie aussah und hatte schon viele Männer erlebt. Dieser war der erste, der sie mitnahm und gut bezahlte. Das meiste Geld schickte sie an ihre Familie in Thailand; es war nicht viel, aber die

Regelmäßigkeit der Geldflüsse half den Familienangehörigen sehr. Geld war Alfred gleichgültig, er hatte stets gut verdient und viel geerbt, allein die Villa war eine wertstabile Immobilie und barg nicht allein der Lage wegen einiges an Potential. Sun Chi kochte gut und ließ seine brutalen sexuellen Praktiken stoisch über sich ergehen. Sie sah, wie er ständig zunahm und kurzatmiger wurde. Auf seine Zigarre und den Cognac verzichtete er ungern. Sie konnte warten und solange das Geld floss, erduldete sie so manche Unart dieses Ekels. Er hatte ihr unter Strafandrohung auferlegt, dass sie ihre Haare stets blond gefärbt zu präsentieren habe. Ihr ständiges Lächeln und ihre Freundlichkeit gefielen ihm; sie war unverwüstlich. Nichts konnte ihr anhaben, sie war zäh und das gefiel ihm. Und das wusste sie!

Nur drei Jahre nachdem er Sun Chi aus Thailand „importiert" hatte, wie er sagte, wog der einstmals gertenschlanke Mann über 126 Kilogramm und dachte darüber nach, sich einen Fahrstuhl einbauen zu lassen, weil er es leid wurde, die 24 Stufen in seine Wohnung hinaufzusteigen. Eine Etage höher noch befand sich die ehemalige Kammer der Haushälterinnen, die dort bis in die Mitte der siebziger Jahre wohnen durften. Alfred hatte Sun Chi die Kammer zugewiesen. Er duldete nicht, dass sie schlafend neben ihm verbrachte und wollte meistens seine Ruhe haben und ungestört fernsehen. Nur wenn es ihn gelüstete nach Sex, durfte Sun Chi mit ihm die beiden Matratzen des Doppelbettes teilen. Dazu gab er ihr genaueste Anweisungen, wie sie - stets lasziv lächelnd - speziell angezogen kommen und geschminkt sein sollte. Dabei geriet er immer früher ins Schnaufen und gebot ihr, sich rittlings auf ihm zu bewegen, ohne ihn anzusehen. Irgendwann ließ er vor dem Doppelbett eine freistehende Badewanne einbauen, in die sie sich dann immer baden sollte, bevor er sie zu sich ins Bett winkte.

Wenn er tagsüber unterwegs war, wurde sie angehalten die Wohnung sauber zu halten und zu kochen. Dabei sein wollte er nicht und er wurde wütend, wenn sie nicht fertig war, sobald er nach Hause kam. Er wies sie dann an, den Schlüpfer auszuziehen und mit nacktem Unterkörper die Treppe hinauf zur Kammer sorgfältig zu wischen, wobei er ihr lüstern von der Wohnungstür aus zusah. Auf der obersten Stufe angekommen, eilte er zu ihr hinauf und nahm sie von hinten.

Als er sich umdrehte, um wieder hinunter in seine Wohnung zu steigen, erschrak er, als er Giselas Kopf um die Ecke verschwinden sah. Von dem stöhnenden Geräusch angelockt, war sie aus der Wohnungstür getreten und den Grund der Geräusche, nämlich den letzten Akt des Alten mitangesehen. Sie stand etwas irritiert und irgendwie angewidert auf den Treppenstufen des Erdgeschosses, unschlüssig, wie sie sich verhalten sollte, als sie noch Alfreds Stimme vernahm: „Sollt´s dich gelüsten, ruf den kleinen Bastard! Ansonsten ist hier oben tabu!".

Gisela spürte, wie ihr übel wurde und ihr lief ein eiskalter Schauer den Rücken herab. Ganz langsam und leise schlich sie die letzten drei Stufen herunter und schloss leise die Wohnungstür hinter sich.

Was für ein Ekel, dachte sie bei sich. Gut, dass Jonathan nicht so geraten ist. Wie froh konnte sie sein, dass Jonathan nicht von dem Kerl erzogen worden ist? Und Gernot? Nein, der wird bestimmt nicht so, dafür will ich sorgen, dachte sie und erzählte niemandem etwas von ihrer Beobachtung. Ihr Entschluss, aus der Wohnung auszuziehen, war endgültig bestärkt worden.

Wohnungstausch

Nun wohnte Gernot allein in der riesigen Wohnung. Die Mutter war in die Nähe ihrer Eltern gezogen und ging jetzt auch vollkommen in ihrer neuen Aufgabe als Geschäftsführerin der florierenden Fabrik auf. Gernot studierte derweil Biologie in Göttingen und kam nur gelegentlich auf ein Wochenende nach Hause. Er war der Mutter nicht in ihr neues Haus gefolgt, sondern in der viel zu großen Villa des Alten wohnen geblieben. Einerseits behielt er so mehr Freiheiten, andererseits war der Weg zur Universität für ihn kürzer.

Eines Tages, es hatte geklingelt, stand plötzlich Alfred an der Wohnungstür. Er keuchte etwas und schien irgendwie geschrumpft. Gernot hatte ihn lange nicht gesehen und größer in Erinnerung. Umso erstaunter war er über die Leibesfülle des ergrauten Herrn mit glänzender Kranzglatze. Ohne ein Wort der Begrüßung fiel Opa Terjohn dem Jungen gleich mit der Tür ins Haus:

„Wir müssen reden!"

„Was ist denn los? Is was passiert? - Guten Tag Opa!" konterte Gernot.

„Kommen wir doch gleich zur Sa…"

„Willst du nicht reinkommen? Setz dich doch erstmal!"

Die kurzatmige und gleichzeitig bedrängende Art des Alten beunruhigte Gernot regelrecht. Tatsächlich schlürfte der Alte nun durch den Flur und ließ sich nach ein paar Schritten auf dem erstbesten Stuhl im Esszimmer nieder.

„Möchtest du was trinken?"

„Lass die Förmlichkeiten! Hier mein Anliegen: Ich muss dir hier kündigen, ich brauch die Wohnung selbst!"

„Du willst mich hier einfach rausschmeißen? Warum das denn?"

„Warum, warum! Ich komm die Stiege da nich´ mehr rauf. Brauch das jetzt Parterre. Bin nich´ mehr der Jüngste und n´ paar Pfunde schlepp ich da schon mehr mit hoch als früher."

„Wie wär´s mit Abnehmen?"

„Nu werd´ mal nich´ frech, du Lümmel! Das hier is´ schließlich mein Haus."

„Is´ ja gut, Opa. Aber die Pfunde sind deiner Gesundheit wirklich nicht zuträglich. Das müsstest du als Arzt am besten wissen. Aber ja, wenn ich´s recht bedenke. Ich brauch ja nicht so ´ne Riesenwohnung hier unten. Ich könnte tatsächlich nach oben ziehen! Und vielleicht tut uns beiden ja ein Tapetenwechsel ganz gut."

Scheinbar hatte Alfred mit dieser Antwort nicht so schnell gerechnet und so bildeten sich gleich ein paar Denkfalten auf der hohen Stirn des Alten. An eine solche „einfache" Lösung hatte er zwar zunächst gar nicht gedacht, aber die gedankliche Schnelle des Jungen imponierte ihm, aber der Vorschlag passte ihm jetzt auch nicht so richtig, so bekam der Lümmel viel zu viel mit. Andererseits wusste er, woran er mit dem Jungen war und die Wohnung oben einfach leer stehen zu lassen, war auch keine optimale Lösung.

„Nun gut! Wann können wir starten?"
„Von mir aus, nächste Woche, da hab´ ich Semesterferien und ich habe genug Zeit."

„Dann mach mal unten frei! Ich bestell für nächste Woche Maler und Fliesenleger. Da muss sicherlich einiges renoviert werden."

„Gut ich räum´ meine Sachen und kennzeichne die Stücke, die das Umzugsunternehmen beiseitestellen oder schon nach oben bringen kann."

Gernot wollte die Sache schnell zu Ende bringen, denn er hatte schon lange etwas Ähnliches vermutet und gefürchtet, dass der Alte Miete fordern würde. So käme er ganz gut dabei weg. Alfred erhob sich ächzend und drehte sich schon gen Flur.

„Abgemacht! Du hörst von mir. Hab´ ich deine Telefonnummer, ich meine, wie erreiche ich dich?“

„Sag einfach Mutter Bescheid, die leitet alles an mich weiter und ist meist gut zu erreichen.“

„Gut die Nummer hab´ ich! Tschüß!“

Kofferinhalte

Eine Woche später sah Gernot, wie Handwerker in der Wohnung hantierten und erkundigte sich bei ihnen über das Fortkommen der Arbeiten. Als er bei Alfred klingeln wollte, rief ihm einer der Arbeiter zu.

„Der is nich da. Ihm war der Baulärm zu viel und is mit so´ner Thai-Frau irgendwo an die Ostsee zum Urlaub in ein Hotel gezogen und hat uns den Schlüssel dagelassen. Der geht für das ganze Haus."

„Ich möchte schon ein paar Dinge in die Wohnung bringen. Können Sie mir oben aufschließen?"

„Ziehen Sie den Schlüssel unten einfach ab, am Bund hängt auch der für die obere Wohnung," antwortete der Arbeiter und wandte sich zum Gehen.

Als Gernot die Wohnung betrat, war es darin ziemlich dunkel, Alfred hatte fast überall die Rollläden heruntergelassen. Da die Wohnung ähnlich geschnitten war, wie die untere und er sich rasch an das dämmerige Licht gewöhnt hatte, fand er sich jedoch schnell zurecht. Die Wohnung war im Stil der sechziger Jahre eingerichtet und in der Küche roch es nach fernöstlichen Gewürzen. Er fand schließlich im Arbeitszimmer den Lichtschalter. Hinter einem Schreibtisch stand neben einem mit Lederbänden gefüllten Bücherregal aus Eichenholz ein antik wirkender Schrank, der gleich Gernots

Aufmerksamkeit erregte, zumal er sich vom sonstigen Stil der Wohnungseinrichtung abhob. Der Schlüssel war abgezogen, aber ein winziger Spalt verriet, dass die rechte Tür zu öffnen war. Gernot erschrak zunächst, ob des laut knarzenden Geräusches und hielt kurz inne, bevor er die Schranktür ganz auftat. Er fand ein paar hohe Lederstiefel, zwei Ledergürtel, ein graues Jackett, ein paar alte Hauspantoffeln, eine braune Hose und einen großen, sehr alten Koffer. Im oberen Fach lagen ein Hut und ein Karton. Der Koffer war nicht verschlossen und neugierig hob Gernot den Deckel auf. Im Koffer fand er ein dickes Fotoalbum und daneben eine größere, hölzerne Zigarrenkiste. Ferner fand er, in weiße, seidene Tücher eingewickelt, chirurgische Bestecke, wie Skalpelle, Haken und Zangen. Unter dem Album war ein schwarzes Tuch zu sehen. Als er es anfasste, erspürte er eine Pistole und schaute auf das darunterliegende Pappschächtelchen mit passender Munition aus Wehrmachtszeiten. Schließlich öffnete er die Zigarrenkiste und erstaunte beim Anblick des Inhalts: Eine Anzahl von etwa dreißig Goldzähnen.

Plötzlich hörte er hinter sich die Stimme des Bauarbeiters. „Wir müssen Feierabend machen. Schließen Sie unten noch ab?"

Erschrocken fuhr Gernot herum und erkannte den Mann im Türrahmen. „Ja, ja," stammelte er. „Aber wie kommen Sie den morgen rein?" fragte Gernot.

„Ach so! Legen Sie den Schlüssel doch einfach unter die Fußmatte."

„Ach nein, nehmen Sie den hier, der passt unten," verbesserte sich Gernot und kramte seinen Hausschlüssel aus der Hosentasche und gab ihn dem Arbeiter.

„Gut, danke und schönen Feierabend."
„Auch so," verabschiedete sich Gernot.

Als er nun das Fotoalbum öffnete, fiel eine Postkarte heraus. Auf der Ansichtsseite ein Schwarzweiß-Foto mit einem Gebäudekomplex und in kleiner, weißer Schrift stand da „Ravensbrück". Neben der Anschrift der Villa stand in kaum lesbarer Schrift:

„Sehr geehrter Kollege Terjohn, brauche Sie hier in Ravensbrück für eine Spezialaufgabe. Können Sie meinen Dentisten vertreten? Bitte kommen Sie! Kameradschaftliche Grüße Dr. P. Treite".
(Poststempel, Ravensbrück, 27. November 1944)

Gernot griff sich das Fotoalbum und ging runter in die Wohnung. Sein Zimmer war verabredungsgemäß noch nicht von den Arbeitern in Beschlag genommen worden. Er rief seinen Freund Gerhold an; denn das würde auch den interessieren und er konnte es sowieso nicht für sich behalten.

Als er am Abend beim Bier mit seinem Freund Gerhold über den Fund sprach, dämmerten bei ihm die Alarmglocken. Sofort erinnerte er sich, dass in Ravensbrück ein Konzentrationslager speziell für Frauen gewesen war.

„Ich fürchte, dein Opa war nicht Soldat an der Ostfront, sondern Leichenfledderer im KZ. Aber bevor ich mich da festlege, warte ab bis nächste Woche. Ich will mich da mal kundig machen. Was sagen uns denn die Bilder im Album?"

„Alles Schwarz-weiß-Fotografien, manche schon gelblich eingefärbt. Also hier vorne eine Hütte oder ein kleines Haus im Schwedenstil, davor eine Wiese mit kleinen Kindern. Hier eine Frau, blond, groß schlank mit einem Blumenkranz im Haar."

„Vielleicht seine Mutter?" warf Gernot ein. „Und dann hier, ein Mann im schicken Anzug und Weste, etwas kräftiger gebaut, mit Zigarre vor einem imposanten Schreibtisch. Ein paar Landschaftsbilder. Ein altes Auto. Bilder von München. Jetzt eine leere Seite."

„Blätter weiter!" forderte Gerhold ungeduldig seinen Freund auf.

„Opa, noch jung im weißen Kittel. Wie schlank er da war. Der wiegt heut bestimmt das Doppelte! Hier das Krankenhaus. Da eine Gruppe mit Schwestern in ihrer

Tracht mit Häubchen. Was ist denn das wohl für ein Kind?" Gernot tippte mit dem rechten Zeigefinger auf eine Fotografie mit einem, etwa dreijährigen, kleinen Jungen in kurzen Hosen und einer Matrosenmütze."

„Das könnte doch dein Vater, Jonathan, sein. Passen würde es."

„Da noch einmal, mit einer Schultüte und da als Pennäler."

„Fotos einer anderen Ortschaft. Könnte Ravensbrück sein."

Sie blätterten noch eine Weile, konnten aber keine weiteren Erkenntnisse gewinnen. Auffällig war nur, dass etwa im letzten Drittel des Albums Fotos wieder herausgenommen worden waren; die Seiten waren leer.

„Was war denn sonst noch in dem Koffer?"

„Nur das, was ich dir schon erzählt habe. Aber wir können ja noch mal schauen. Komm, wir gehen noch mal hoch!"

Diesmal erschraken beide, als das laute knarzende Geräusch der Schranktür anhob. Gernot nahm die Gegenstände aus dem Koffer und fühlte die Seiten und den Boden ab. Im Deckel schließlich erspürte er einen kastenähnlichen Gegenstand, der sich hin und herschieben ließ. Am unteren Rand erspürte er dann einen Saum, darunter einen Reißverschluss, den er vorsichtig zur Seite zog und dann mit zittrigen Fingern den Kasten, der sich als kleine Zigarrenkiste erwies, herauszog. Im Innern der kleinen Pappkiste fanden sie ein paar Fotos.

Der Anblick verschlug ihnen die Sprache. Auf insgesamt neun Fotografien waren auf Zweien ausgezehrte, nackte Körper zu sehen, die mit weit geöffnetem Mund und aufgerissenen Augen auf dem Rücken lagen, scheinbar tot und blutendem Mund. Sieben weitere zeigten Frauen mal nur mit nacktem Unterleib, mal völlig nackt. Auf einem Foto sah man den Rücken eines Mannes, der in Missionarsstellung über einer Frau lag und vermeintlich den Geschlechtsakt vollführte.

Recherchen

Gernots Recherchen ergaben schließlich, dass Alfred Terjohn 1943 sein Medizinstudium abgeschlossen hatte und eine kleine Praxis eröffnen wollte, aber zum Kriegsdienst herangezogen werden sollte. Aber er war dann doch erst im Krankenhaus angestellt worden, um etwas Praxis zu bekommen und - weil vermehrt kriegsverletzte Zivilisten und Soldaten von der Front eingeliefert wurden.

Im Dezember 1944 hatte er dann eine Postkarte eines seiner Ausbilder erhalten. Dieser hatte ihn nach Ravensbrück eingeladen, da Alfred Mitglied der NSDAP war, sollte er dort für ein paar Wochen oder Monate einen erkrankten Dentisten vertreten. Alfred hatte sich daraufhin im Krankenhaus krankgemeldet. Er wusste, dass die Aufgabe, die auf ihn in Ravensbrück wartete, keine leichte sein würde und er wollte sich eingedenk eines möglichen Scheiterns alle Optionen offenhalten und hatte daher beim bisherigen Chef einen längeren Urlaub beantragt, der überraschenderweise genehmigt wurde. Wahrscheinlich hatte Doktor Treite da seine Hand im Spiel.

Gerhold hatte herausgefunden, dass im Frauen-Konzentrationslager Ravensbrück unter anderem Frauen für die Lagerbordelle anderer KZs rekrutiert wurden. Die Frauen sollten Leistungen sogenannter Funktionshäftlinge belohnen, wurden wahrscheinlich gelegentlich auch vom Wachpersonal missbraucht. Viele Frauen meldeten sich freiwillig, weil sie hofften, bessere Chancen auf eine Entlassung zu bekommen. Zwar wurden sie etwas besser verpflegt, aber die Frauen wurden häufig ins Lager Ravensbrück zurückgeschickt, wenn sie nicht mehr den Ansprüchen genügten. Sie versuchten ihre Lippen zu schminken, um der Aussonderung zu entgehen, die ihren Tod bedeuten könnte.

Die letzten Kriegsmonate muss Alfred im Konzentrationslager Ravensbrück als Zahnarzt tätig gewesen sein. Erschießungen von Frauen fanden außerhalb in den angrenzenden Waldgebieten statt. Ab 1942 war ausschließlich ein spezieller Gang nach draußen dazu genutzt worden. Bei den Erschießungen waren ein Arzt und ein Zahnarzt anwesend. Nachdem der Arzt den Tod der Opfer festgestellt hatte, brach der Zahnarzt dem Opfer die Goldzähne heraus. Der ein oder andere Goldzahn dürfte dabei wohl auch in die Tasche von Alfred gewandert sein, der diesen Job bis kurz vor der Befreiung durch die Sowjetarmee erledigte.

„Vermutlich hat sich dein Opa Alfred auch an den Frauen gelegentlich vergangen, wie er es bereits als Medizinstudent an deiner Oma im Krankenhaus getan hatte. Natürlich ist das letztendlich nicht mehr zu beweisen, es sei denn dein Opa gesteht irgendwann mal seine Taten, aber es klingt für mich doch sehr unwahrscheinlich. Ich glaube kaum, dass er mal gesteht."

„Ich schäme mich für meinen Opa, das ist ja richtig eklig."

„Wenn das übrigens wirklich so stimmen sollte, dann gehört der eigentlich vor Gericht. Soll ich mal meine Patentante fragen? Die ist Rechtsanwältin. Auf jeden Fall sollten wir die Fotos aus der Pappschachtel sicherstellen, die könnten hinreichende Beweise darstellen."
„Nimm du sie an dich! Mir ist das hier zu heikel, wenn der dahinterkommt, weiß ich nicht, wie er reagiert. Ich trau dem alles zu."

„Richtig interessant wäre es meines Erachtens zu erfahren, wie dein Opa es geschafft hat, dass er ungeschoren davonkommt. Aber, warte mal, seine Mutter war doch Schwedin, nicht wahr?"

„Ja. Das sieht so aus. Aber warum fragst du?"
„Dazu muss ich noch mal in die historischen Aufzeichnungen von Ravensbrück schauen. Dann kann ich dir mehr sagen. Ich hab´ da so ´ne Vermutung."

„Na gut. Aber jetzt lass uns hier alles wieder zurücklegen. Wer weiß wann er zurückkommt und uns noch überrascht."

Hypothesen

Gerhold hatte weitere Recherchen angestellt und dabei auch seine Patentante Gudrun mit ins Boot geholt, die völlig erstaunt und mit wachsendem Interesse den Ausführungen Gerholds folgte.

„Wenn eure Hypothesen stimmen, dann gehört auch Alfred Terjohn angeklagt," hatte sie schließlich resümiert. „Aber du hast schon recht; es bedarf einiger Beweise oder gar das Geständnis des Alten. Die Taten sind zwar eigentlich verjährt, aber sollte er bei Mordtaten dabei gewesen sein, die man ihm bisher noch nicht nachweisen kann, dann droht im Gefängnis."

„Ja, aber lass uns doch erst mal schauen, wie es möglich gewesen sein könnte, dass Alfred damals nicht festgenommen wurde."

Beide begaben sich daraufhin unter Zuhilfenahme unterschiedlicher Quellen auf Spurensuche. „Fassen wir noch mal die Ergebnisse unserer Recherchen zusammen," schlug Gudrun vor.

„Also die russische Armee rückte Ende 1944 immer näher. Selbst dem Dümmsten musste klar sein, dass der Krieg nicht mehr zu gewinnen war und so machten sich auch führende Köpfe wie Heinrich Himmler schon Gedanken, wie sie am besten aus dem Schlamassel rauskommen, denn das die Russen nicht gerade zimperlich mit ihnen umgehen würden, wenn sie das Ausmaß der Tötungen in den KZs erkennen würden, war völlig klar, klar wie Kloßbrühe."

Gerhold musste schmunzeln, denn er erkannte den häufig auch von seiner Mutter verwendeten Ausdruck.

„Wohl schon im Dezember 44 haben dann die Dänen mit weißen Bussen und Krankenwagen skandinavische Häftlinge, nämlich dänische Polizisten und Grenzgendarmen, zurück nach Dänemark gebracht. Im Februar 1945 erfolgten Verhandlungen zwischen dem Schwedischen Roten Kreuz und Himmler, um skandinavische Gefangene zu sammeln und vom schwedischen Personal betreuen zu lassen. Schon im März wurden 4.500 norwegische und dänische Gefangene erst nach Neuengamme transportiert und in einem Konvoi von 36 weißen Rote-Kreuz-Bussen nach Dänemark zur Quarantäne in das Internierungslager Froeslev verbracht und anschließend nach Schweden transportiert."

„Den Deutschen muss der Arsch ja richtig auf Grundeis gegangen sein. Und der Hitler hat trotz der ausweglosen Lage im Bunker in Berlin unentwegt Durchhalteparolen gebrüllt."

„Sag ich ja! Hitler hat den Himmler deswegen ja auch Verrat vorgeworfen und ihn abgesetzt. Eigentlich sollten auf Befehl Himmlers alle Insassen der KZs getötet werden, aber das war allein logistisch kaum zu bewerkstelligen, daher kamen die Abtransporte durch die Skandinavier dem Himmler gerade recht. Nach einem geheimen Treffen von Himmler und einem schwedischen Unterhändler wurde die Freilassung aller skandinavischen Frauen des Frauenlagers Ravensbrück erreicht. Vor dem Einmarsch der Russen am 30. April wurden noch rund 7000 Frauen aus dem Frauen-KZ in Ravensbrück bei dieser zweiten Rettungsaktion der Weißen Busse ab dem 22. April aus Ravensbrück 7.500 Frauen in die Schweiz und nach Schweden evakuiert."

„Zu der Zeit muss auch Alfred noch in Ravensbrück gewesen sein," warf Gerhold ein.

„Richtig! Die SS hat am 27. April das Lager geräumt. Also wird Alfred das Lager in der Zeit zwischen 22. und 27. April ebenfalls verlassen haben."

„Die Frage ist nur wie?"

„Bingo!"

„Soweit ich weiß, kann Alfred perfekt Schwedisch. Könnten ihm diese Sprachkenntnisse geholfen haben?"

„Du meinst, er hat sich den weißen Bussen angeschlossen, womöglich gar als schwedischer

Gefangener oder Helfer ausgegeben? Na ja, recht dünn und hager war er ja, das konnte passen."

„Da wird in der Hektik und dem Chaos des Lagerlebens vielleicht nicht alles korrekt und geordnet abgelaufen sein. Und diese Umstände hat er dann möglicherweise genutzt, um unterzutauchen."

„Dennoch sind das alles nur Hypothesen, mehr nicht. Das wird ohne Beweise nicht mal für 'ne Anklage reichen," fasste Gudrun nüchtern zusammen. „Dann müssen wir weiter nach Beweisen suchen."

„Und selbst, wenn wir ihm diese Taten nachweisen könnten, vielleicht war er an Morden, sprich Erschießungen oder Ähnlichem, gar nicht beteiligt. Die Taten, die wir ihm gewissermaßen andichten, sind längst verjährt. Nur Mord verjährt nicht. Könnten wir einen Mord nachweisen, dann hätte 'ne Anklage Aussicht auf Erfolg. Und im Übrigen: Willst du den Großvater deines besten Freundes nach so vielen Jahren auf die Anklagebank bringen? Das sei gut überlegt und mit deinem Freund abgesprochen."

Gudrun hatte recht. Er musste unbedingt mit Gernot alles genauestens durchsprechen.

Die Renovierung war mittlerweile abgeschlossen und die Umzüge waren ebenfalls erfolgt. Gernot war es in der oberen Wohnung richtig unheimlich geworden, nachdem die Dinge sich in eine derartige Richtung entwickelt hatten. Den alten Schrank hatte Alfred gleich entsorgen lassen und, als ob er eine Ahnung hätte, hatte er auch die Kleidungsstücke darin in die Altkleidersammlung gegeben. Lediglich den Koffer hatte er nach unten getragen, darauf bedacht, dass dies von niemandem beobachtet wurde.

Zahngold

Der Gynäkologe Treite hatte Alfred im Dezember 1944 nach Ravensbrück geholt, weil der etatmäßige Dentist längerfristig ernsthaft erkrankt war und wohl auf unabsehbare Zeit ausfallen würde. Im Rahmen der T4-Aktion hatte Alfred bereits mit Leichen erbkranker und schwachsinniger Menschen zu tun gehabt, so dass ihm dieser Auftrag nicht sonderlich schwerfiel. So reiste er erwartungsvoll und voller Neugier nach Ravensbrück. Nach kurzer Einweisung, bei der der Gynäkologe keine Nachfragen zuließ, nahm ihn Treite auch zum Assistieren bei den Frauen mit. Das gefiel Alfred besonders gut. Besonders die in letzter Zeit häufiger eingewiesenen, skandinavischen Frauen gefielen ihm und als Treite überraschend feststellte, dass Alfred perfekt Schwedisch sprach, war das fast gleichbedeutend mit einer Festanstellung für den jungen Kollegen, denn so konnte er dem Gynäkologen gute Dolmetscherdienste leisten, was die Behandlungen erleichterte. Die skandinavischen Insassen waren meist entweder Juden oder aufgrund ihrer politischen Untergrundtätigkeiten in Haft.

Bei den sogenannten Funktionshäftlingen der Lager, die für reibungslose Abläufe sorgten und denen ihr Job mit Gutscheinen für Bordellbesuche schmackhafter gemacht werden sollte, waren blonde Frauen besonders begehrt. Weil sich die Frauen durch Dienste in den Bordellen Vorteile und gar frühere Entlassungen erhofften, waren auch ein paar skandinavische Frauen darunter. Der Erstuntersuchung einer Schwedin, die in ein Lagerbordell wechseln sollte, wohnte Alfred zufällig bei.

Nach der recht gründlichen Untersuchung und Examination einer politischen Schwedin bat er Treite leicht schmunzelnd darum, sozusagen eine Ersttestung auf praktische Tauglichkeit durchführen zu dürfen. Eigentlich war sein Spruch mehr ironisch und also nicht ernst gemeint, aber Alfred war dann doch über Treites Reaktion erstaunt.

„Sie sind ja noch unverheiratet, hab´ ich gehört. Wollen sich wohl mal ein wenig die Hörner abstoßen, was?" grinste er und schob noch nach: „Sauber isse ja und noch unverbraucht. Machen Sie´s möglichst unauffällig. Ich weiß von nix. Erwarte aber dennoch Ihren Bericht!"

Tatsächlich lief das Ganze dann ohne Zwischenfälle. Die Schwedin blieb zwar etwas unterkühlt, aber entgegen der von der SS geforderten Missionarsstellung wünschte sie die Oberbekleidung anbehalten zu dürfen und von hinten genommen zu werden, um ihm nicht ins Gesicht sehen zu müssen. So hatte sie es Alfred gegenüber klargestellt und Alfred hatte, von der Direktheit und Klarheit beeindruckt, zugestimmt.

Alfred hatte sich eine Kamera besorgt und versäumte es nicht, von der Frau mit nacktem Unterkörper ein paar

Fotos anzufertigen, die ihm so ästhetisch erschienen und ihm dann später immer wieder beim Masturbieren halfen.

Solveigh Sönniksen war viel zu spät klar geworden, auf welchen Handel sie sich eingelassen hatte. Als politische Halbjüdin war sie von der deutschen Gestapo in Dänemark aufgeflogen und nach Ravensbrück verbracht worden. Das Erleben der Not und des Elends, die Brutalität und der menschenverachtende Umgang mit wehrlosen Menschen hatte sie vollends überzeugt, dass ihr Widerstand Sinn ergab. Sie wollte nur raus aus dem Lager; zurück nach Schweden und sie hatte sich entschieden, mit allen ihr zur Verfügung stehenden Mitteln dem Elend zu entfliehen. Auch viele andere Frauen, die im Lager alles versuchten, um Brutalitäten, der Aufseherinnen zu entgehen, die mit primitiven Mitteln versuchten sich hübsch zu machen, um gesund zu erscheinen, damit sie nicht ausgesondert wurden. Die Frauen, die sich auf gewisse Handel eingelassen hatten, waren nach wenigen Wochen trotz besserer Verpflegung wieder völlig ausgezehrt und oder depressiv aus den Bordellen zurückgekehrt.

Solveigh hörte an den Abenden die Gewehrschüsse außerhalb des Lagers. Immer wieder verschwanden insbesondere die schwächeren oder jüdische Frauen urplötzlich aus der Baracke. Und sie bekam mit, wie erzählt wurde, dass eine gut gebaute Polin ausgemergelt von einem längeren Außenaufenthalt zurückkam.

Dutzende Männer wären über sie hergefallen, hatte sie selbst den anderen Frauen im Lager erzählt und nur zwei Tage später war sie wieder fort. Niemand hörte wieder etwas von ihr. Das hätte Solveigh zu denken geben müssen, aber sie sah die Zusammenhänge noch nicht, dachte nur daran, dem Inferno zu entkommen.

Anstelle von Erschießungen in Dänemark hatten die Nazis von Mitte September 1944 an verstärkt Deportationen von gefassten Widerstandskämpfern in Konzentrationslager ins Reichsgebiet vorgenommen. Zusammen mit ein paar dänischen Polizistinnen war Solveigh nach Ravensbrück gebracht worden. Das Elend und die brutale Härte im Lager hatten einerseits ihre Wut auf die Deutschen weiter entfacht, andererseits durchblickte sie schnell, dass sie das Lager nur überleben konnte, wenn sie sich strategisch klug verhalten würde.

Der schlaksige, blondhaarige Kerl, kaum älter als sie selbst, der am ersten Abend zu ihr kam, hatte sie nach ihrem Namen gefragt. Sie verstand noch nicht alles auf Deutsch und hatte, schlagfertig wie sie war, auf Schwedisch nach seinem Namen gefragt. „Ich bin Alfred," hatte er auf Schwedisch geantwortet und da war sie erst einmal verblüfft und hatte einen Moment geschwiegen. Er stand da und zog sich bereits seine Schuhe aus, als sie ihm im resoluten Ton klar zu verstehen gab, dass er sie nur von hinten nehmen dürfe, sonst würde er keinen Spaß haben. Tatsächlich gehorchte der Kerl und es schien, als sei ihm das sogar willkommen. Tatsächlich kam er ihrer Bitte nach, machte aber zur Bedingung, dass er ein paar Fotos von ihr machen durfte.

Sie hatte sich sein Gesicht eingeprägt, wollte es aber nicht sehen, wenn er seinem Vergnügen über ihr nachkam. Die verzerrten Gesichtszüge beim Geschlechtsakt sollten sich nicht in ihr Gedächtnis einbrennen.

Schon Ende Februar 1945 hatte Alfred, wie viele SS-Offiziere und Ärzte, bereits eine Ahnung, dass dies Lager keine Dauerlösung für ihn sein konnte, denn die Unruhe unter den SS-Offizieren und Ärzten nahm sichtlich zu. Im April war der Russe schon bedrohlich nah und war wohl nicht mehr zu stoppen. Das war offenkundig, auch wenn die Propaganda aus dem Radio weiterhin alles euphemisierte. Die Durchhalteparolen und Reden des Führers fanden immer seltener Anklang. Als Himmler schließlich sogar mit ausländischen Diplomaten und Juden verhandelte und nach vermehrten Erschießungen und Vergasungen im März erste Abtransporte organisiert wurden, dachte er darüber nach, wie er vor dem Übergriff durch die Russen dem Ganzen entkommen könnte und fasste einen Plan.

Nachdem er beim ersten Treffen mit Ärzten des Schwedischen Roten Kreuzes einen Teil der Verhandlungen mitbekommen und gedolmetscht hatte, meldete er sich bei Treite Mitte April 1945 krank. Am 23. April sollten die Abtransporte schwedischer Häftlinge, vor allem der Frauen, erfolgen. Alfred verließ in der Nacht zuvor sein Krankenlager und besorgte sich Häftlingskleidung, entledigte sich komplett seiner Kleidung, vergrub diese und streifte die Häftlingskleidung über. Im Trubel des folgenden Tages kam er, dank seines perfekten Schwedisch, der Häftlingskleidung und der hageren Figur in einem der weißen Busse unter und ihm gelang so die Flucht.

Im Internierungslager hinter der deutsch-dänischen Grenze ließ er sich mit Entlausungspulver behandeln, stets darauf bedacht, dass die wenigen Fotos und die Schachtel mit den Zähnen, die er bei sich trug, nicht entdeckt wurden. Nach ein paar Tagen tauchte er schließlich in Süd-Schweden bei Verwandten der verstorbenen Mutter unter.

Spurensuche

Gernot hatte von den Fotos aus dem Pappkarton Kopien machen lassen und die gefundenen Utensilien im Koffer fotografiert. Gerhold hatte ihm von der Unterredung mit seiner Patentante berichtet und war sichtlich aufgewühlt, als die beiden sich ein paar Tage später bei Gerhold trafen.

„Was uns, außer einem Geständnis, helfen könnte, wären Fotos und Aufzeichnungen aus der Zeit in Ravensbrück. Wir haben nur die Fotos und eine Ablichtung von der Postkarte," schlug Gerhold vor.

„Ich glaub´, das wird schwierig. Vielleicht sollten wir noch mal genauer bei ihm selbst nachforschen. Möglicherweise hat er an anderer Stelle noch brauchbares Material," wandte Gernot ein.

„Du weißt, dass ein Einbruch bei ihm nicht nur gefährlich ist, siehe Pistole, sondern auch rechtswidrig?"

„Schon gut, ja, aber eine bessere Lösung habe ich auch nicht."

„Wir brauchen irgendein tragfähiges Indiz, das zu einer Anklage reicht," wiederholte Gerhold die Worte von Gudrun.

„Ich kann nochmal in diversen Archiven an der Uni schauen. Vielleicht lohnt auch ein Besuch in Dänemark oder Schweden? Gibt es denn noch Kontaktdaten zu Verwandten in Schweden?"

„Ich weiß nicht, Alfred hat darüber nie gesprochen, aber es kann sein, dass etwas unter seinen Unterlagen zu finden ist."

„Du willst schon wieder zu ihm in die Wohnung, nicht wahr? Sei vorsichtig!"

Gernot beobachtete und belauschte von nun ab sehr genau, was im Haus vor sich ging und verfasste akribisch einen Übersichtsplan von Abwesenheitszeiten des Alten. Alfred hatte sich wieder eine „Zugehfrau" geleistet, die im Haushalt für Sauberkeit sorgen sollte, eine ältere Dame mit Dutt, etwa Anfang Fünfzig. Gernot passte sie auch einmal beim Betreten des Hauseingangs ab und verwickelte sie in ein Gespräch. Die Frau machte zuerst einen freundlichen Eindruck, wurde im Verlaufe des Gesprächs immer kürzer angebunden, ja fast mürrisch. Der Alte zahle zwar gut, sei aber ein Pedant und Ekel. Sie sei aber nun mal auf das Geld angewiesen und immer froh, wenn er nicht zu Hause sei. Vor allem Unpünktlichkeit könne er absolut nicht ausstehen, darum müsse sie sich jetzt auch sputen, drehte sich zur Tür und verschwand mit einem kurzen Gruß.

„Terjohn!" sinnierte er beim Treppenanstieg und fragte sich, ob die Kontakte zu Alfreds Eltern oder anderen Angehörigen etwas zu Tage fördern könnten. Er machte sich also an die Suche, um nach etlichen deutschen Telefonbüchern frustriert feststellen zu müssen, dass es den Namen scheinbar, zumindest in Deutschland, gar nicht gab. Alfred hatte von München gesprochen, aber auch da gab es den Namen nicht. Das Mysterium um Alfred Terjohn bekam nun atemberaubende Ausmaße. Wie kam Alfred zu dem Namen? Hieß er in Wirklichkeit ganz anders? Die Spur jedenfalls verlief erst mal im Sande.

Gernot musste sich seinen Studien und der Forschung zuwenden, die ihn herausforderte und ihn auf dem Weg zur wissenschaftlichen Karriere begleiten sollte. Die privaten Recherchen mussten erst mal ruhen.

Helsingborg 1945

Sie war auf dem Heimweg nach Ulricehamn. Sie hatte kein Geld. Die Bahnfahrt und die Fähre waren noch kostenlos gewesen. Ab jetzt war sie auf die öffentlichen Verkehrsmittel angewiesen. Für die Weiterfahrt fehlte ihr das nötige Geld für ein Ticket bis nach Hause. Ihr ausgezehrter Körper würde die Strapazen eines langen Marsches nicht überstehen. In Ulricehamn warteten ihre Schwester und der Vater auf sie. Noch in Froeslev hatte sie ihre Ankunft angekündigt und kurz geschildert, dass sie, den Schergen des Nazi-Regimes entkommen, auf dem Heimweg sei.

Die weißen Busse, die sie bis über die Grenze nach Jütland und später nach Seeland gebracht hatten, waren in Richtung Deutschland zurückgefahren. In Helsingborg, den Geruch vom Entlausungspulver in Froeslev noch in der Nase, kam sie bei entfernten Verwandten unter und konnte sich in deren nahe gelegenen Feinkostladen als Kassiererin etwas Geld für die Weiterreise verdienen.

Der Mann mit dem grauen Jackett und dem braunen Koffer fiel ihr sofort auf. Wie gelähmt blickte sie ihn an und vergaß fast, ihm das Wechselgeld zurückzugeben. Er wiederum schien sie nicht wiederzuerkennen. Da man ihr noch in Ravensbrück Mitte April die Haare kurz geschoren hatte, trug sie ein Kopftuch, das auch einen Teil des Gesichts verbarg.

Wie war der ausgerechnet hierhin gekommen? Sie stand da wie erstarrt und sah den Film wie einen Albtraum laufen. Dieser Kerl hatte sie im wehrlosesten Moment ihres Lebens bei nacktem Unterkörper fotografiert. Er hatte ihr die Unschuld genommen und dennoch war sie nicht schuldig. Der Gynäkologe hatte ihr dann einen Tag später ohne Betäubung die Eileiter durchtrennt. Sie war nach der ersten Nacht mit diesem Kerl im grauen Jackett festgeschnallt worden und musste den brutalen Eingriff über sich ergehen lassen. Das würde sie nie vergessen und sie hatte sich das Gesicht des schlaksigen Kerls eingeprägt und ihr Gehirn flammte nun gewissermaßen auf. Adrenalin und Cortisol durchfluteten sie und behinderten ihr klares Denken, schweißten sie ein und sie fühlte sich wie eine Fliege im Spinnennetz.

Erst als die Ladeneingangstür sich hinter ihm schloss und das Klingeln des Glöckchens nachließ, konnte sie wieder einen klaren Gedanken fassen. Leichenblass trat sie in das Büro des Ladenbesitzers, schon den Mantel in der Hand, und meldete sich krank; sie müsse sich übergeben, fühle sich krank, verließ das Geschäft durch den Vordereingang und schaute in beide Richtungen auf die Straße, konnte den Kerl aber nicht erkennen. Sie erinnerte sich an den Koffer und tippte auf den Bahnhof und ging in diese Richtung.

Zwei Straßen weiter sah sie ihn. Er hatte auf einer Bank am Stadtpark Platz genommen und kaute an einer Stulle.

Er sah so jung und unschuldig aus und doch war er ein Teufel, dachte sie. Rachegefühle kamen in ihr auf. Sie wollte den Kerl nicht davonkommen lassen und schaute in eine andere Richtung. Sie wollte ihren Vorteil, nicht von ihm erkannt worden zu sein, für sich nutzen. Aber was konnte sie tun? Wenn sie ihn aus den Augen verlöre, wäre es wahrscheinlich ein für alle Mal vorbei. Die Chance musste genutzt werden. Welche Chance, dachte sie und begann zu grübeln, wie sie ihn überwältigen könnte. Körperlich war ihr allemal überlegen, wenn, dann ging das nur mit Glück in einem Überraschungsmoment. Sie würde ein großes Risiko eingehen, das war ihr klar, aber sie war derart in Rage geraten, dass sie sich kaum zügeln konnte. Sie atmete schneller, die Aufregung zeigte sich schon rein körperlich, aber sie durfte sich nicht verraten.

Einmal schaute er in ihre Richtung, sie drehte sich sofort weg. War das zu ruckartig? Hatte sie sich schon verraten? Sie versuchte langsamer zu atmen. Ruhig bleiben, sprach sie leise zu sich selbst. Der Koffer ließ vermuten, dass er auf der Durchreise war. Sie musste unbedingt herausfinden, wohin dieses Nazi-Schwein sich verdrücken zu wollen gedachte.

Nach nur wenigen Minuten, sie hatte sich derweil in sichere Entfernung begeben, dabei aber weiter Sichtkontakt zu ihm behalten, erhob er sich und begab sich zum Bahnhof, kaufte dort ein Ticket und entfernte sich wieder vom Bahnhof in Richtung Zentrum. Sie folgte ihm, stets darauf bedacht, nicht von ihm gesehen, geschweige denn erkannt zu werden. Nach nur wenigen Gehminuten betrat er ein ihr bekanntes Hotel. Sie kannte dort ein Zimmermädchen. Das war ihre Chance! Ein paar Minuten später, als sie sicher war, dass er das Zimmer bezogen hatte, trat sie ebenfalls ein und fragte an der Rezeption nach Frida, dem Zimmermädchen. Die Dame hinter dem Tresen fragte, worum es den gehe, Frida sei bereits zu Hause und käme erst zum Abend wieder ins Hotel. Sie sei eine alte Freundin, antwortete Solveigh.

Sie klopfte in Ermangelung einer Klingel an Fridas Wohnungstür, die auch wenig später geöffnet wurde. Etwas verblüfft, aber doch freudig, begrüßte Frida die nette Verkäuferin aus dem Feinkostladen.

„Hast du ein wenig Zeit für mich, ich brauch´ deine Hilfe?"

„Komm rein! Was ist denn passiert?"

Ohne ausschweifenden Small-Talk erzählte Solveigh Frida die gesamte Geschichte, die mit immer weiter geöffnetem Mund staunend der jungen Frau ihr gegenüber zuhörte.

„Ein Nazi, der schwedisch spricht, im KZ Frauen tötet und sich als Jude ausgibt. Ich kann es nicht glauben. Was ist das denn für ein perverses und gerissenes Schwein?"

„Du machst doch morgens die Betten und so, kannst du rauskriegen, wie der Mann genau heißt, beziehungsweise, wie er sich nennt? Vielleicht kannst du auch rauskriegen, wo er hinwill. Er hat am Bahnhof ein Ticket gelöst."

„Das will ich gern machen. So eine Drecksau! Komm doch morgen um elf Uhr dreißig zu mir ins Hotel, Hintereingang bei der Küche. Ich schreib´ es dir auf. Sollte ich nicht da sein, liegt der Zettel unter dem Blumentopf neben der Tür."

„Danke! Vielen Dank, Frida!"

Sie umarmten sich zum Abschied und Solveigh ging zurück zum Feinkostladen. Sie teilte dem Besitzer mit, dass es ihr schon besser gehe, aber sich noch einen halben Tag schonen dürfe. Der alte Mann lächelte gnädig.

„Ist schon gut, Solveigh, mach morgen nur ganz frei. Ich schaff das auch morgen noch allein. Erhol dich gut und komm übermorgen gesund wieder!"

Tatsächlich fand Solveigh anderntags den Zettel: „Johan Terjohn, geboren 1917, Halmstad, Abfahrt 17. Juni, 11:46 Uhr".

Halmstad, das lag auf dem Weg nach Ulricehamn über Göteborg und die Abfahrt war erst in zwei Tagen. Das Geld, was ihr für ihre Arbeiten bis jetzt zustand, müsste für ein Ticket bis Göteborg reichen, dachte sie und sie betrat erneut das Geschäft. Sie fühle sich immer noch kränklich und wolle doch schon weiterreisen, ob er ihr den zustehenden Lohn auszahlen könne; sie wolle doch schon weiterreisen, weil sie befürchtete, noch schwächer zu werden. Sie wolle ihre Lieben in Ulricehamn wieder in die Arme nehmen.

Dem alten Ladenbesitzer wurde ganz weich ums Herz, denn er kannte ihre Vorgeschichte und zahlte ihr so viel Geld aus, dass es sogar für ein Ticket bis nach Ulricehamn reichen würde. Mit Tränen in den Augen umarmten sich beide und Solveigh kaufte umgehend für den 17. Juni ein Ticket am Bahnhof.

Tatsächlich erkannte sie ihn am Bahnhof schon auf dem Bahnsteig wieder, blieb auf Abstand und betrat das Zugabteil am anderen Ende. Sie versuchte ihn möglichst unauffällig im Auge zu behalten, aber das gelang ihr leider nicht.

Alfred, war die Frau bei seinem Gang zur Toilette aufgefallen. Irgendwoher kannte er sie. Er grübelte und grübelte. Als sie ihrerseits irgendwann während der langen Fahrt den Gang zur Toilette aufnahm, erkannte er sie. Sie hatte ihr Kopftuch abgenommen und er sah die kurzen Haare für einen Moment und schlagartig wusste er, wer sie war. Er kramte kurz in seiner Manteltasche, fand das Etui und nahm ein Skalpell heraus. Diese Frau konnte seine wahre Identität verraten. Das konnte er auf gar keinen Fall zulassen. Er wusste, dass er in Ravensbrück Dinge gesehen und bei offenkundigen

Verbrechen mitgemacht hatte. Die Frau musste er umstimmen oder irgendwie mundtot machen. Sie musste ihn erkannt haben. Zu oft waren sie sich begegnet. Er stand auf, als sie in der Toilette verschwand, zog die Zwischentür hinter sich zu. Es waren nur wenige Menschen im Abteil, fast alle sahen in die andere Richtung. Die Gelegenheit war günstig.

Es war ihm gelungen, die Außentür zu öffnen und er tat so, als wolle er nur frische Luft schnappen. Die Tür zur Toilette öffnete sich. Ihr erstaunter Gesichtsausdruck irritierte ihn, sie sah ihn an wie einen Fremden. War sie doch eine andere, als er gedacht hatte?

„Kennen wir uns nicht?" fragte er sie auf Deutsch.

Sie schwieg und starrte ihn weiter an, zuckte schließlich die Schultern. „Ich verstehe dich nicht. Was hast du gesagt?" fragte sie auf Schwedisch zurück. Ihr Hals wurde ganz trocken und sie musste schlucken.

„Kommst du denn nicht aus Deutschland?" fragte er nun ganz unverhohlen im perfekten Schwedisch. Nun wurde ihr schlagartig klar, dass er sie erkannt hatte.

Ihr blieb nur die Lüge und gleichzeitig wusste sie, dass sie verloren hatte. Schon im Wegdrehen in Richtung Zugabteil antwortete sie noch: „Nein., ich reise zu meinen Eltern nach Norwegen."

Er erkannte ihre Stimme und merkte, dass sie wusste, wer er war. Er musste umgehend handeln. Er packte sie am Arm, zog sie ruckartig zu sich, wobei sie sich zu etwa 120 Grad drehte. Sie wog kaum 50 Kilo, eher weniger, er riss sie an sich, umklammerte mit der Linken von hinten ihren linken Arm und den Unterkörper. In seiner rechten Hand hatte er das Skalpell gezückt, mit dem er ihr einen raschen Schnitt durch die Halsschlagader versetzte. Sie sackte etwas zusammen, aber es gelang ihm, ihren schwachen Körper mit einem kräftigen Stoß durch die Tür nach außen zu bugsieren, wo ihr sterbender Körper neben den Gleisen zu liegen kam. Alles verlief blitzschnell. Bewusst darauf bedacht, mit langsameren Bewegungen zurückzukehren, schloss er wieder die Tür und drehte sich in Richtung des Abteils. Niemand hatte etwas bemerkt. Er schaffte es, seinen Atem unter Kontrolle zu bringen und begab sich wieder auf seinen Platz. Als es im Abteil zwischendurch etwas leerer wurde, ging er zum Platz der Schlampe und nahm den kleinen Koffer und ein seidenes Tuch an sich.

Die Schwester

Solveigh hatte ihre Ankunft bei den Verwandten in Ulricehamn für den Abend oder den Folgetag angekündigt. Als sie drei Tage später noch nicht eingetroffen war, alarmierte der Vater die Polizei.

Solveighs Leiche wurde erst Tage später gefunden. Bissspuren von Tieren hatten der Leiche schon zugesetzt. Man ging zunächst von einem Suizid aus, aber der Arzt bemerkte doch trotz der Bissspuren den tiefen Schnitt am Hals. Jemand, der genügend anatomische Kenntnisse besessen hatte, hatte wohl den Schnitt gezielt und präzise ausgeführt. Zudem fand die Polizei nach Inspektion des zu dieser Zeit üblicherweise fahrenden Personenzuges getrocknete Blutspritzer an der Waggondecke. Das engte den Täterkreis zwar etwas ein, aber die Ermittlungen verliefen auch angesichts fehlender personeller Ressourcen der Kriminalpolizei im Nichts.

Doch Solveighs Schwester Irena wollte nicht lockerlassen und machte sich Wochen später noch einmal auf nach Helsingborg. Ihr ließ das Ganze keine Ruhe und sie fühlte sich irgendwie mitschuldig, weil sie und ihr Vater Solveigh nicht stärker unterstützt hatten. Solveigh hatte schließlich mit ihrer Einschätzung hinsichtlich der Deutschen, zu denen sich der schwedische Staat im Krieg ja neutral verhalten hatte, vollkommen bestätigt. Denn auch den Schweden dämmerte allmählich, was da in Deutschland für Grausamkeiten stattgefunden hatten. Solveigh war politisch interesseiert und war der sozialdemokratischen Partei beigetreten und schließlich nach Dänemark gegangen, wo sich ihre Spur zunächst verloren hatte. Sie war in den Untergrund gegangen, hatte gewissermaßen eine Art skandinavische Resistance unterstützt. Völlig überrascht waren sie, als sie über die örtliche Polizei erfuhren, dass die Schwester sich im Mai 1945 auf der Rückreise befand und einem deutschen Konzentrationslager entkommen konnte.

Als sie Wochen später von ihrem Tod erfuhren, war ihnen sofort klar: Da konnte etwas nicht stimmen! Der Vater starb wenige Tage nach der Beisetzung von Solveighs Leiche. Irenas Schuldgefühle drohten sie beinah zu vernichten, aber sie machte sich auf, den Spuren der geliebten, älteren Schwester zu folgen.

Der Ladenbesitzer brach in Tränen aus und konnte sich das Ganze überhaupt nicht erklären. Irena ließ nicht locker. Sie bat den Ladenbesitzer, ob sie die Kunden nach Solveigh befragen könne. Tatsächlich traf sie schließlich auf Frida. Ein „Mann aus Deutschland, Konzentrationslager Ravensbrück"; das engte den Täterkreis nochmals ein. Der Fall wurde aber trotz der Hinweise leider zunächst nicht weiterverfolgt.

Irena Sönniksen begann später ein Studium der Geschichtswissenschaften und setzte Schwerpunkte auf die Frage, welche Rolle die Frauen im 20. Jahrhundert im Hinblick auf das Zustandekommen von Rassismus und dem Fortwirkenkönnen totalitärer Regime eingenommen haben. Sie heiratete nie und bekam keine Kinder. Ihre ganze Energie galt der historischen Aufklärung und Forschung. Entsprechend promovierte sie und erarbeitete sich einen Ruf als namhafte, skandinavische Geschichtsprofessorin.

Im Jahre 1990, als sie bereits emeritiert war, folgte sie einer Einladung der Universität Göttingen. Dort sollte sie einen Vortrag halten zum Thema „Die Frauen vom Konzentrationslager Ravensbrück". Das war ein Thema, das in ihrem Forschungskorridor lag und das sie selbst berührte. Noch immer saß der Stachel tief. Sie hatten der Tochter, ihrer Schwester damals nicht geglaubt, dass in Deutschland ganz schreckliche Dinge geschahen, dass die Neutralität Schwedens egoistisch sei und nicht im Sinne von Solidarität für schwache und wehrlose Menschen war. Schweden müsse Farbe bekennen und den Deutschen Schranken aufzeigen.

Solveigh übertreibe und verrenne sich. Die Deutschen seien gut für die Wirtschaft und man wolle sie auf gar keinen Fall provozieren. So hatten die Verwandten entgegnet. Solveigh ist dann Tage später nach Dänemark gefahren, wo sie Gleichgesinnte fand. Die Geschichte hatte der Schwester posthum Recht gegeben.

Rollenwechsel

Den Fahrern und Ärzten konnte Alfred problemlos die Rolle vorspielen, einer der wenigen jüdisch-schwedischen KZ-Häftlinge zu sein, zumal es von ihm keine Fotos und Unterlagen mehr gab; dafür hatte er gesorgt. Die SS hatte zudem einen Großteil der Akten vernichtet; auch dafür eigneten sich die Krematorien gut. Zudem war bei ihm im Alter von acht Jahren wegen einer Phimose eine Beschneidung vorgenommen worden, so dass er sich als Jude präsentieren konnte. Die Goldzähne und seine Fotos hatte er ohne große Mühen verbergen können.

In Kopenhagen hatte er sich mit frischer Kleidung und einem gebrauchten Koffer versorgen können. Ferner gelang es ihm, eine alte Wehrmachtspistole und etwas Munition zu organisieren. Er wolle sich vor weiteren Übergriffen solcher Barbaren schützen können, gab er auf Nachfrage zur Antwort. Er spielte seine neue Rolle wirklich gut. Er machte auf seiner Reise nach Halmstad einen Stopp in Helsingborg in einem Hotel am Bahnhof. Immer mehr dachte er sich hinein in seine neue Rolle, ließ für die Verwandten in Halmstad den Juden weg und übte sich in Selbstgesprächen darin, glaubwürdig als geflohener Widerstandskämpfer rüberzukommen.

Die Mutter hatte Halmstad 1910 verlassen und in Deutschland seinen Vater geheiratet. Sein Vater war früh verstorben und so musste die Mutter ihn zunächst allein erziehen, dabei immer Schwedisch mit ihm sprechend. Sie lebte aber nicht mehr und bevor er zum Haus seiner Großmutter in Halmstad fuhr, musste er damit rechnen, dass dort mittlerweile andere Verwandte eingezogen waren. Aber er brauchte einfach Zeit und er wollte von Schweden aus die Lage in Deutschland beobachten, um sicher zu gehen, dass er nicht auf irgendeiner Liste als Nazi vermerkt war. Das wäre zu gefährlich geworden. Und so reimte er sich eine glaubhafte Geschichte für Angehörige und die Behörden in Deutschland zurecht.

Bisher hatte er es nur mit Leichen zu tun gehabt, einen Mord hatte er selbst nie begangen. Die Eliminierung der schwedischen Hure sah er als reine Notwehr an. Ihm war klar geworden, dass sie ihn schon seit Tagen verfolgt haben musste, und er fragte sich, was sie hätte überhaupt ausrichten, geschweige denn beweisen können. Warum hatte sie ihn verfolgt? Hätte sie ihm sein Leben und seine Karriere zerstören können? Egal, er wollte nichts riskieren.

Als die meisten Fahrgäste unterwegs und dann in Halmstad den Zug verlassen hatten, war er noch zu ihrer Fahrgastbank zurückgegangen, wo noch ihr kleiner Koffer, ein Mantel und ein weißes, seidenes Tuch lagen, welche er an sich nahm, um unnötige Spuren zu verwischen.

In Halmstad verfolgte er über Rundfunk und Tageszeitungen das Geschehen in Deutschland. Der zum Tode verurteilte Treite hatte sich im April 1947 mit Gift umgebracht. Diese Nachricht erheiterte sein vom langen schwedischen Winter melancholisch gewordenes Gemüt. Das war für Alfred das Aufbruchssignal, denn der Gynäkologe konnte ihn nun nicht mehr verraten. Wenige Wochen später machte er sich auf zum Rückmarsch nach Deutschland. Die Villa war tatsächlich vom Bombenhagel der Alliierten verschont geblieben. Er traf im Juni 1947 dort ein.

Neue Zeiten

Gerhold hatte das Studienfach gewechselt. Die Rolle als Lehrer für Englisch und Französisch gefiel ihm nicht. Der Einblick im Rahmen einiger Schulpraktika während der ersten Semester in das deutsche Schulsystem hatte ihn schon bald eines Besseren belehrt. Das Ganze war ihm viel zu starr und reglementiert. Langweiliger Unterricht ohne lebendigen Bezug zur Realität. Das Klassenzimmer war ihm zu eng und andere Formen des Unterrichts fanden bei den etablierten Lehrkräften und zuständigen Gremien kaum Rückhalt.

Ständig sollten die Schüler durch ein langwieriges Herausarbeiten und Nachfragen irgendwelche Gesetzmäßigkeiten – induktiv - herausfinden, die man ihnen genauso gut gleich hätte präsentieren können. Stattdessen verging Unterrichtstunde auf Unterrichtsstunde damit, SchülerInnen bis in die Oberstufe mit Scheinfragen zu traktieren. Diese induktive Methode war vielleicht angemessen für Schüler der Grundschule, aber sicher und spätestens überholt für Schüler in der Pubertät. Die wussten instinktiv, dass es ja längst verlässliche Antworten auf bestimmte Fragen gab, die mussten nicht von ihnen neu erforscht und entwickelt werden. Sie suchten aber klare Ansagen und Antworten auf neue Fragestellungen ihrer Zeit.

Welche Verschwendung an Zeit und Ressourcen, dachte er. Ihm schien es sinnvoller, wenn den Schülern bekannte

Erkenntnisse, Gesetze und Regeln unterhaltsam präsentiert oder spannend erzählt würden, so dass sie dann auf diesem Fundament neue Regeln und Gesetze erkennen oder formulieren hätten können, oder die sie bei meist interdisziplinären Problembeschreibungen anwenden oder einbeziehen könnten. Es brauchte Lehrer, die spannend erzählen, präsentieren und fesseln konnten, keine Scheinfragensteller. Geschichte hingegen fand er zunehmend spannend, aber nicht für die Schule. Er wollte forschen.

Auch die Auseinandersetzung seines Freundes Gernot mit der Vergangenheit seines Großvaters hatte bei ihm ein Feuerchen entfacht. Gudrun und sogar Mutter begrüßten seine Entscheidung. Er hatte dann schließlich promoviert und forschte an der Universität zur deutschen und europäischen Geschichte.

Die Aufarbeitung der Entstehung des Nationalsozialismus und der Umgang mit Rechtsradikalen im Rahmen der nachkriegsdeutschen Geschichte bildete einen Schwerpunkt seiner Forschung.

Die friedliche Revolution mit der Öffnung der Mauer im November 1989 trieb ihn dabei noch mehr an. Nur noch selten traf er sich mit Gernot, der als Biologe arbeitete und ebenfalls in der Forschung tätig war.

Der Einsatz von Antibiotika begann in den 1940er Jahren, und seitdem hatten resistente Bakterienstämme allmählich zugenommen. Die Pharmaindustrie entwickelte immer neue Substanzen, um der zunehmend resistenten Keime Herr zu werden. Die Krankenhaushygiene war dabei besonders herausgefordert, aber trotz etlicher Hygienemaßnahmen nahm die Anzahl von Menschen zu, die auf die Mittel der pharmazeutischen Industrie nicht reagierten.

In den 80er Jahren hatten speziell Schweine und Geflügel regelmäßig Antibiotika im großen Umfang erhalten, nicht um Infektionen zu behandeln, sondern sie kamen ab Mitte der 70er Jahre fast flächendeckend zum Einsatz, um Krankheiten vorzubeugen, was schleichend dazu führte, dass in den Schweineorganismen Keime überlebten und Resistenzen gegen diese Antibiotika entwickeln konnten. Darüber hinaus erwies sich der Einsatz von Antibiotika bei den Tieren als leistungs- und wachstumsfördernd und steigerte somit die Gewinne.

Leistungs- und Effizienzsteigerung waren nach der Weimarer Republik und dem Drittem Reich die Orientierungsvokabeln einer auf unkontrolliertem Wachstum ausgelegten Wirtschaftspolitik, die alle Hoffnung auf den sogenannten freien Markt richtete. Dabei schien fast jedes Mittel recht. Hauptsache die Dinge waren billig zu erwerben und teuer zu verkaufen. Geiz war geil und Großzügigkeit und Gemeinnützigkeit galt als verdächtig links. Billig hieß nicht mehr billig, sondern preisgünstig und teuer erkaufen wollte niemand.

Private Unternehmen galten daher als „wirtschaftlich", staatliche Ausgaben und Investitionen als lästiger Kostenfaktor.

Die Mediziner stellten immer häufiger fest, dass die antibiotische Behandlung nicht mehr anschlug und Wunden weiter eiterten. Gernot war im Zuge seines Studiums auf diese Problematik aufmerksam geworden. Im Rahmen eines studentischen Praktikums in der Fleischwarenfabrik seiner Eltern führte er mikrobiologische Untersuchungen an Endprodukten durch und konnte den Nachweis führen, dass fast das gesamte in den Handel geratene Schweinefleisch Spuren von Antibiotika enthielt. So gelangten also unter anderem multiresistente Keime auch in die Körper der Menschen.

Wenn resistente Bakterien beim Menschen Infektionen verursachen, können herkömmliche Antibiotika möglicherweise nicht mehr wirksam sein, was zu schwerwiegenden gesundheitlichen Problemen führen kann. Gernot fragte sich, was passieren würde, wenn die Technologien der chemischen Industrie den Wettkampf gegen immer neu entstehende resistente Keime verlieren würden. Würde es der Markt und die technologische Innovationsbereitschaft richten? Ihm kamen Zweifel.

Nach Abschluss des Studiums und Bestehen seiner Prüfungen gelang ihm die Anstellung als wissenschaftlicher Mitarbeiter an der Universität. Er widmete sich fortan der Frage, wie Fleischersatzprodukte gewonnen, beziehungsweise hergestellt werden können, da auch immer deutlicher wurde, dass die übermäßige Fleischproduktion nicht nur der Umwelt Schaden zufügte, sondern auch dem Menschen selbst.

Bei ihren selten gewordenen Treffen fanden Gernot und Gerhold viele Schnittmengen hinsichtlich der Bewertung der geschichtlichen Entwicklung zwischen 1945 und 1989. Die Spirale des „immer schneller, weiter, größer, effizienter" drehte sich mit dem Aufkommen des Neoliberalismus immer rasanter, bis sie als Spirale nicht mehr erkennbar war. Dass dabei mancher unverschuldeterweise auf der Strecke blieb, erkannten beide auch im Zusammenhang mit ihren Berufen. Tiere, Umwelt und Menschen nahmen Schaden. In gewisser Weise setzte sich ein utilitaristisches Denken fort, das bei den Nationalsozialisten in der „Vernichtung unwerten Lebens" gipfelte und bei den Neoliberalen Vokabeln wie „Effizienzsteigerung" und „Wachstum" an der Spitze ihrer Argumentationsketten verfestigt hatten. Überall Erster, Bester und Wohlstandskönig sein, das konnte auf Dauer nicht klappen, weil am anderen Ende der Wurst nichts nachwachsen konnte.

„Na, hat dich deine Mareile tatsächlich ausgehen lassen? Schön, dass unser Treffen doch noch klappen konnte," begrüßte Gerhold seinen Freund.

„Und du? Ich hab´ gehört, Gudruns Cousine nächtigt neuerdings bei dir. Läuft da was?"

Tatsächlich wurde Gerhold etwas verlegen. Er hatte sich tatsächlich in Gudruns Cousine Merle verliebt und beide wollten bald zusammenziehen, offiziell, um Kosten und Fahrtzeiten zu sparen, aber inoffiziell, um sich nah sein zu können. Er errötete etwas, gab es auch gleich zu. Gernot grinste. Gerhold wollte aber nicht darüber sprechen. Irgendwie war ihm das peinlich, deshalb wechselte er das Thema.

„Was ist eigentlich mit Alfred?" fragte Gerhold darum eines Abends, als sie bei einem gemeinsamen Bier in der Kneipe saßen.

„Ich weiß auch nicht, aber ich hab´ die Thai-Frau lange nicht gesehen. Ihn sehe ich auch nur selten. Wie weit sind denn deine historischen Recherchen zu unseren Hypothesen?"

„Ich hatte leider wenig Zeit, da weiter zu forschen, aber soweit ich das beurteilen kann, passen die Puzzleteile recht gut zusammen, aber es ist sehr schwer, eindeutige Beweise zu finden. Dein Opa war ja noch sehr jung als er nach Ravensbrück kam und er war wohl nur wenige Monate im Lager. Da wird man leider nicht mehr viel Verwertbares finden. Kommt der alte Knochen denn da in der Villa noch gut zurecht? Wie alt ist der jetzt?"

„Zweiundsiebzig. Fett geworden isser. Aber er lässt mich in Ruhe und das Wichtigste: Er lässt mich umsonst oben wohnen. Da will ich mal nicht so lästern," lachte Gernot nun.

„Nächste Woche will der alte Sack für ein paar Wochen nach Thailand fliegen."

„´Ne neue Thai-Frau importieren oder die alte wiederholen?"

„Keine Ahnung, er sagt ja nix."

„Hast du denn nochmal in seiner Wohnung geschnüffelt?"

„Nee, ich hab´ mich bisher nicht getraut. Außerdem krieg ich nicht immer mit, ob er gerade zu Hause ist oder nicht. Aber wenn er nächste Woche nach Thailand fliegt, will ich es noch einmal versuchen. Du, der ist unheimlich misstrauisch. Ich hatte ihn gefragt, ob ich seiner Abwesenheit Blumen gießen soll, da hat abgewunken und gesagt, er hätte gar keine Blumen."

„Na das passt doch zu dem, oder?"

Abflug

Sun Chi wollte endlich abhauen. Sie war diese widerliche Praxis mit Alfred im Wechsel aus Langeweile und Einsamkeit irgendwann leid. Sie wollte eine direkte Auseinandersetzung vermeiden. Sie kannte ihn und seine Strategien mittlerweile sehr gut und hatte dem nicht viel entgegenzusetzen. Es musste gelingen, ihm zu entkommen, ohne dass einer von beiden auf der Strecke blieb. Sie konnte ihm ohnehin nicht mehr die volle Aufmerksamkeit geben, wie zu Beginn. Vielleicht wäre ihre Flucht für ihn sogar eine gewisse Befreiung, denn sie spürte, dass sie sein sexuelles Verlangen nicht mehr in gleicher Weise befriedigen konnte. Er würde rasch neue Möglichkeiten finden und mittels seines Vermögens neue Wege entdecken, wie er sein Triebleben gestalten könnte.

Wenn Alfred Lust auf Sex hatte, kam er zu ihr in die Dachkammer, um dort seine Lust an ihr zu befriedigen. Ihr wurde das Ganze allmählich zu eng. Ihr Leben bestand nur noch aus Sex mit Alfred in der Dachkammer oder Fernsehen und dem täglichen Einsatz als Putzfrau und Köchin in der Parterre-Wohnung. Sie kam kaum unter Leute und nur selten an die frische Luft. Er hatte sie sogar ein paar Mal für einige Stunden in der Dachkammer eingesperrt, weil sie so aufgebracht war und drohte, ihn zu verlassen.

Den Kontakt mit Gernot hatte ihr Alfred strengstens verboten und sie mied daher Gernot, so gut es ging, denn sie ahnte, wozu Alfred in der Lage war. Sie hatte sich immer etwas mehr von dem wenigen Geld zurückbehalten, das Alfred ihr zustand, es gespart und sich schließlich bei einer der wenigen Spaziergänge in einem Reisebüro nach einem Flug nach Thailand erkundigt. Sie wollte dieses trostlose Leben in dem kalten Land beenden, bevor sie zu alt sein würde. Von ihrer Familie lebte nur noch ihr Bruder. Der Vater war überraschend verstorben, die Mutter kam bei einem Verkehrsunfall ums Leben und ihre kleine Schwester war vermutlich von britischen Touristen entführt worden und nicht auffindbar. Ihr Bruder hatte zu ihrer Freude einen guten Job bekommen und war nicht mehr auf die Geldüberweisungen angewiesen. Sie konnte sich also in Thailand ein völlig neues, sorgenfreies Leben aufbauen.

Eines Abends war sie, als Alfred für ein paar Tage nach Hamburg gefahren war, in die untere Wohnung geschlichen. Der Tag ihres Abflugs rückte näher und sie wollte so viel wie möglich an Wert und Vermögen, das in ihre große Reisetasche passte, mitnehmen. Sie fand auch Bargeld in 50-D-Mark-Scheinen, insgesamt etwa 10.000,- D-Mark. Bei ihrer Suche stieß sie auch auf den alten Koffer und erschrak doch sehr, als sie die Pistole, die Goldzähne und die alten Fotos entdeckte. Ihr Hirn fing an zu rattern und sie überlegte, wie sie diesen Fund für sich nutzen konnte. Konnte sie ihn damit erpressen? Nein

- viel zu gefährlich, dachte sie. Die Pistole mitzunehmen, schied aus, weil sie damit die Kontrolle am Flughafen nicht überstehen würde. Was stellten die Fotos dar? Sie passten zu seinen sexuellen Vorlieben; andererseits waren es scheinbar in gewisser Weise historische Dokumente, die ihn in Verlegenheit bringen konnten. Sie beschloss kurzerhand ein paar der Goldzähne und die Fotos an sich zu nehmen. Das Fotoalbum schien ihr uninteressant. Dann packte sie ein paar Kleidungsstücke und Toilettenartikel zusammen und begann in der Dachkammer ihre Tasche zu packen. Sie musste weg sein, bevor er zurückkam. Die drei Tage bis zum Abflug vom Düsseldorfer Flughafen würde sie in einem Hotel verbringen. Das Bargeld reichte für Fahrt, Taxi und Hotel allemal.

Es war bereits nach Mitternacht, als Sun Chi die schwere Reisetasche herunterschleppte und sie alle paar Stufen kurz abstellen musste. Da hörte sie, wie der Schlüssel in der Haustür umgedreht wurde. Kam Alfred früher als angesagt wieder? Wie erleichtert war sie, als sie Gernot identifizierte, der von seiner Kneipentour mit Gerhold gut gelaunt zurückkam.

„Geht's heut schon nach Thailand? Wo ist denn Alfred?" fragte Gernot, der nach den paar Bierchen mit Gerhold beschwingt ins Treppenhaus trat.

„Der is noch in Hamburg und kommt nächste Woche nach," log sie.

„Soll ich dir helfen, die Tasche tragen?" fragte Gernot.
„O ja, das wäre nett!"

Gernot kam ihr auf den Stufen entgegen und griff nach der Tasche, die war wirklich nicht leicht. Sie folgte ihm. Als er die Tasche im Hausflur abgestellt hatte, blickte er beim Bücken auf ein Flugticket, das an der Seitentasche herausragte und erkannte die Ziffern des Abflugtages.

„Das sind aber noch drei Tage bis zum Abflug. Warum fährst du denn jetzt schon?"

Der junge Mann war ihr sympathisch und das Taxi war auch noch nicht da. Es war ja sowieso schon egal, er würde es eh noch erfahren, was sie vorhatte.

„Ertappt! Ja! Ich werde Alfred verlassen. Da er mich so nicht gehen lassen würde, nutze ich jetzt seinen Aufenthalt in Hamburg, wo er sich mal wieder mit Neonazis trifft. Er ist ein schlechter Mensch. Ich halte es da oben nicht mehr aus. Er hat mich nur ausgenutzt und erniedrigt. Nun gehe ich, das Taxi wird gleich da sein."

Gernot erstaunte nun doch, obwohl es irgendwie auch nicht sonderbar war. Man hatte ja von ihr und ihm nicht viel mitbekommen; hin und wieder ist Alfred die Treppe hinaufgestiegen. Dass er Sun Chi in der Dachkammer wohnen ließ, hatte er erst spät und zufällig mitbekommen. Sie tat ihm leid. Instinktiv trat er auf sie zu und umarmte sie.

Diese Geste ließ Sun Chi die Tränen in die Augen treiben und sie begann zu schluchzen. Nach ein bis zwei Minuten fragte er: „Willst du darüber sprechen? Es wird dir sicher guttun."

„Nein, besser nicht. Ich komm schon klar. Hauptsache, er findet mich nicht in Thailand wieder. Ich hab´ ein paar Dinge mitgehen lassen, die ihm gehören. Der wird vor Wut schäumen."

„Sind die Fotos noch da und die Pistole?" fragte Gernot unvermittelt.

„Wie? Du weißt davon?" gab Sun Chi völlig erstaunt über seine Offenheit zurück.

„Ja, und er weiß nicht, dass ich davon weiß. Es könnte Beweismaterial sein, das ihn belasten könnte."

„Wofür, welche Beweise?"

„Wir vermuten, Verbrechen in der Zeit Ende des Zweiten Weltkrieges."

Sun Chi stand da wie erstarrt und schaute Gernot mit großen Augen an.

„Gedacht hatte ich mir das schon, aber jetzt schauderts mich doch: Ein Nazi-Verbrecher; ich konnt´s mir ja denken."

Sie überlegte kurz, ob sie dem jungen Mann die Beweisstücke, vor allem die Fotos, aushändigen sollte, entschloss sich dann aber dagegen. Das konnte sie immer noch nachholen; sie war ja nicht aus der Welt.

„Diese Dinge sind noch da," log sie. „Man wird es ihm nie nachweisen können, dazu ist er viel zu gerissen und das Ganze ist viel zu lange her. - Da kommt ja auch mein Taxi. Tschüß, junger Mann und alles Gute!"

Gernot blieb etwas konsterniert stehen und nach den ersten Schritten rief er ihr nach: „Tschüß! Sun Chi. Alles Gute und pass auf dich auf! Und – viel Glück!"

Sie schleppte die Tasche vor die Haustür, der Taxifahrer kam ihr entgegen und half beim Tragen. Als sie hinten im Taxi saß, winkte sie ihm noch, etwas verlegen lächelnd, zu.

Dokumente

Alfred war nun schon ein paar Tage weg, Sun Chi hatte in der Nacht das Haus verlassen. Mareile war zu Verwandten gefahren und er hatte sturmfreie Bude. Sollte er es schon wagen, in Alfreds Wohnung weiter nach *Beweisstücken* zu fahnden? Er hatte schlecht geschlafen und war, als es draußen bereits hell wurde, aufgestanden, hatte sich in der Küche einen Kaffee gekocht und saß sinnierend im Sessel.

Sein nachdenklicher Blick streifte durch das Wohnzimmer. Alfred konnte schon bald, vielleicht und unverhoffterweise früher, aus Hamburg zurückkehren. Er wollte nicht warten, bis Alfred Sun Chi hinterher reisen würde.

Als er diesmal die Wohnung betrat, war es hell in der Wohnung und er fand sich schnell zurecht. Sun Chi´s Parfümduft lag noch in der Luft. Den alten Koffer fand er recht schnell in einem modernen Kleiderschrank. Doch entgegen Sun Chi´s Behauptung, fehlten die Fotos; allerdings war die Postkarte im Fotoalbum noch da. Auch von den Goldzähnen schienen etliche zu fehlen. Er entschloss sich, da ja eh etwas fehlte, die Postkarte an sich zu nehmen.

Erst mal sicherstellen, dachte er. Sun Chi wollte, so dachte er, mit den Fotos ein Pfand gegen Alfred in der Hand behalten, falls Alfred ihr in Thailand auf die Schliche kommen sollte. Er zog die Schranktür zu und nahm nun Alfreds Schreibtisch, einen antik wirkenden Sekretär, unter die Lupe. Was er dort fand, bestätigte Sun Chi´s Bemerkung zum Aufenthalt Alfreds in Hamburg: Verschiedene Broschüren mit rechtsradikaler Symbolik, vermehrt Schriftverkehr mit der Deutschen Alternative, einer rechtsradikalen Partei. Gerhold hatte davon berichtet. Scheinbar arbeitete Alfred mit Neo-Nazis oder rechten Gruppen zusammen, was seine gelegentlichen Reisen nach Hamburg, Frankfurt, Leipzig, Bremen, München oder Berlin, die er ohne Sun Chi unternahm, erklären würde.

Er kramte weiter in diversen Schreibtischen und Unterlagen, fand schließlich ein Adressbuch mit Namen, von denen er teils schon gehört hatte, aber auch gänzlich fremde Namen mit Adresse und teilweise mit Telefonnummern. Frank Hübner, Michael Kühnen las er, die Namen hatte er irgendwo schon mal gehört, er wollte später Gerhold fragen, der kannte sich da besser aus. Dann fand er auch die Adresse von Sun Chi in Thailand, die er sich rasch notierte. In der obersten Schublade des Sekretärs fand er schließlich zwei Umschläge; einer war an einen Bremer Rechtsanwalt adressiert. Der Bremer Umschlag enthielt eine Kopie des zweiten und war beschriftet mit „Testament – Alfred Terjohn".

Dem Schreiben nach wollte Alfred all sein Vermögen einer in Bremen neu gegründeten, rechten Partei namens „Deutsche Alternative" vermachen. Gernot war zunächst geschockt und brauchte ein paar Minuten, um wieder klar denken zu können. Bevor diese Dokumente zum Rechtsanwalt kommen, muss das Ganze erst mal weg, dachte er. Einerseits, weil das seine Erbberechtigung betraf, aber weit wichtiger war ihm, dass solche Parteien nicht noch neben dem depperten Zulauf unverdientermaßen Geld erhielten.

Er verließ die Wohnung, hatte dabei bewusst das Arbeitszimmer zerwühlt aussehen lassen. Alfred würde sich angesichts des Inhaltes seiner Schreibstube sicher nicht an die Polizei wenden. Da schon einige Dinge fehlten, sollte es durchaus so aussehen, als seien Einbrecher dort gewesen. Aus diesem Grunde war er auch noch mal an den Schrank gegangen und hatte die letzten Goldzähne an sich genommen. Die Tür zur Wohnung ließ er einen kleinen Spalt geöffnet.

Dieses Ablenkmanöver sollte Alfred von Gernots Spur fernhalten, denn Alfred würde sicher nicht denken, dass sein Enkel so dumm wäre, es wie einen Einbruch aussehend, derart zu hinterlassen. Wenn Alfred die Verluste feststellen würde und es sähe nicht wie ein Einbruch aus, würde sein Verdacht sehr wahrscheinlich auf Gernot fallen. Da er nirgends Bargeld gefunden hatte, ging er davon aus, dass Sun Chi sich daran gütlich getan hatte. Sehr wahrscheinlich würde Alfred Sun Chi sowieso des Diebstahls verdächtigen. Er rief wenig später Gerhold an und brachte ihn auf den neuesten Stand.

„Das Erbe ist mir nicht so wichtig; finanziell werde ich mir wohl nie große Sorgen machen müssen. Der Verkauf von Mutters Fleischwarenfabrik und die vorhandenen Immobilien der Großeltern reichen allemal, zumal ich wohl Alleinerbe bleiben werde. Ich müsste nicht mal einem Job nachgehen, so groß sind die Vermögen unserer Familie. Aber den Rechten Geld in den gefräßigen Rachen zu werfen, das sehe ich gar nicht ein. Deswegen hab´ ich die Umschläge erst mal eingesackt."

„Ja, du hast es gut, bei mir ist von Elternseite nicht viel zu holen. Aber ich bin trotzdem zufrieden. Das Honorar an der Uni reicht mir vollkommen aus, auch wenn ich mir nicht so viel leisten kann wie du. – Aber, hör mal, wenn der merkt, was da noch so alles fehlt, wird der dann nicht einfach das Testament neu aufsetzen? Aber halt. Dir steht doch ein Pflichtteil zu?"

„Das schon, aber wie gesagt, ich möchte nicht, dass die Rechten und Nazis etwas kriegen. Viel mehr Sorgen macht mir, wie Alfred auf den Diebstahl reagieren wird."

„Gut wäre es, wenn die Aktivitäten des Alten, vor allem am Kriegsende, ans Licht der Öffentlichkeit kämen, dann würden sich schon ein paar Probleme lösen lassen."

Gerhold machte sich sofort daran, Recherchen zu rechtsradikalen Umtrieben in Deutschland zu betreiben. Zufälligerweise hatte er in den letzten Monaten ein paar gute Kontakte zu investigativen Journalisten aufgebaut, die er befragen konnte.

Gernot schlich sich noch einmal hinunter in die Parterre-Wohnung. Er wollte sichergehen, nichts vergessen, verloren oder übersehen zu haben. Möglicherweise gab es noch entlarvende Dokumente oder Unterlagen, die zur Aufklärung der dunklen Geschäfte und Aktivitäten dieses alten Nazis beitragen könnten.

In Küche und Schlafzimmer fand er nichts, was weiterhelfen könnte. Im Wohnzimmer wandte er sich diesmal ausführlicher den Büchern im Regal zu. Alte Lederbände, eine Enzyklopädie (Brockhaus) und ein paar medizinische Fachbücher, ansonsten keine Auffälligkeiten. Von den Brockhaus-Bänden ragte ein Band etwas heraus. Gernot griff danach und als er darin blättern wollte, fiel etwas heraus. Eine graugelbliche Registerkarte aus einem Konzentrationslager.

Rechtsruck

Jemand war bei ihm eingebrochen. Alfred sah auf das Chaos in der Schreibstube und im Wohnzimmer. Die Zähne und die Fotos waren weg und fast das ganze Bargeld. Als er die zwei Treppen zur Dachkammer schnaufend hinaufstieg, wusste er schon beim Anstieg, dass Sun Chi verschwunden war. Hatte sie das Durcheinander hinterlassen? Hatten Verwandte aus Thailand sie da rausgeholt und alles durchsucht? Jedenfalls war sie weg. Zurück nach Thailand. Er musste sie finden. Ein Einbrecher oder die Thailänder hätten die Pistole mitgehen lassen, die noch da war. Das Geld war ihm egal, er hatte genug. Aber die Fotos und die Zähne, vor allem aber die Postkarte, die durften niemals in fremde Hände geraten. Treite war lange tot und konnte nichts mehr verraten oder beweisen, aber die Postkarte konnte ihm als ein wichtiges Indiz gefährlich werden! Die konnte die falschen Leute zu Spekulationen herausfordern, die ihm gar nicht behagen konnten. Sogar Mengeles Leiche hatten sie 1985 gefunden. Auch Alfred sollten sie zu seinen Lebzeiten nicht mehr zur Rechenschaft für längst vergangene Taten ziehen können, Taten, die für ihn Lappalien waren angesichts des maroden Zustands dieser Republik, die endlich wieder eine harte Hand gebrauchen könnte.

Mit Franz Josef Strauß hatte es ja – trotz des Attentates beim Oktoberfest – 1980 nicht geklappt. Und jetzt, wo im Osten endlich das Volk erwachte, da war es an der Zeit, die Weichen neu zu stellen.

Er stornierte den Flug für zwei Personen nach Thailand und buchte um, für ihn allein. Er würde sie aufspüren und zur Not mit Gewalt die Herausgabe seines Eigentums verlangen. Die Fotos und die Postkarte waren nun eine Belastung geworden, er würde sie verbrennen und noch in Thailand, die Zähne verscherbeln. Mit großem Widerstand Sun Chi´s rechnete er nicht. Er würde sie nicht mit zurücknehmen wollen und plante schon, wie er sie endgültig loswerden und sich an ihr rächen könnte. Zur Not wollte er wieder sein Skalpell sprechen lassen.

Ohnehin gab es für ihn jetzt Wichtigeres. Er empfand die Begegnungen mit den jungen Leuten der rechten Szene als Bereicherung seines Lebens. Zwar war er körperlich nicht mehr auf Zack, aber das war dem Alter geschuldet. Hauptsache sein Kopf funktionierte noch gut. Er fühlte sich selbst wieder jung. Den Sex mit der Thailänderin konnte er, trotz seiner nie zu stillenden Lust, auch nicht mehr so recht genießen.

Bei den Treffen mit Kühnen und seiner Wehrsportgruppe war ihm klar geworden, dass sich das sexuelle Verlangen und Verhalten der Männer gänzlich unterschied vom weiblichen Geschlecht. Da hatte Kühnen vollkommen recht. Dieses Verlangen war immer da und manchmal quälend, klare Gedanken verhindernd oder störend und bedurfte steter Abfuhr. Mit Kühnen war ihm deutlich geworden, wenn es mit den Frauen nicht reichte, waren da ja die Männer. Seine erste sexuelle Begegnung mit einem Mann gefiel ihm auch deswegen, weil die Lust des anderen ihm das Gefühl gab, dass der andere auch echten Lustgewinn und Abfuhr zu empfinden schien, es war wie seine. Das war für ihn eine völlig neue Erfahrung.

Aber auch die politischen Ansichten der Freiheitlichen Deutschen Arbeiterpartei (FAP) fielen bei ihm auf fruchtbaren Boden. Die vielen männlichen Ausländer verunreinigten die arische Rasse; sie gehörten nicht in die deutsche Kultur. Die sollten doch erst mal den überall herumliegenden Müll und Dreck auf ihren Straßen räumen, bevor sie in Deutschland für dieselbe Tätigkeit auch noch Geld aus Steuergeldern erhielten. Frauen sollten an den Herd und Kinder gebären, dann bräuchten die Deutschen auch keine Zuwanderung, weil ja genügend Nachwuchs im eigenen Land gedeihen könnte. Er spendete für die neu gegründete Partei Deutsche Alternative und hatte beschlossen, sein Testament zu ändern.

„Das Testament!" schoss es ihm durch den Kopf. Er hatte es schon vor Tagen abschicken wollen, aber es wieder vergessen. Überhaupt wurde er immer vergesslicher und fluchte über die Tücken des

Älterwerdens. Er kramte in der Schublade, konnte aber die beiden Umschläge nicht wieder finden. Hatte Sun Chi die Umschläge auch mitgehen lassen? Na warte, dachte er, dir werd´ ich´s zeigen! Seine Wut gegenüber der Thailänderin wuchs weiter an. Das sollte sie büßen.

Kur

Gerhold war zu seiner Freundin gezogen. Melanie blieb nun allein. Nach der Wende hatte sie bei einem Discounter einen Job als Kassiererin bekommen. Wie stolz war sie auf ihren Sohn, der nach dem Abitur auch noch eine Karriere an der Universität hinlegte. Sie hatte ihn im Rahmen ihrer bescheidenen Mittel so gut unterstützt, wie es ging. Aber auch die großzügige Unterstützung durch Gerholds Patentante tat einiges dazu bei, dass der junge Mann an der Universität bestehen konnte.

Und nun hatte Gerhold das „Hotel Mama" verlassen und sie blieb allein in der Wohnung zurück. Zwar besuchte Gerhold sie regelmäßig und stellte ihr auch das Mädchen vor, das nun mit ihm zusammenzog. Doch langsam aber sicher schlich Einsamkeit in ihr Herz. Immer häufiger meldete sie sich krank, bis ihr Hausarzt ihr eine psychotherapeutische Kur anriet. Auf Drängen von Gerhold und dem Arbeitgeber ließ sie sich dann darauf ein.

Melanies Kur wurde über die üblichen sechs Wochen hinaus verlängert und in den letzten Wochen geschah es, dass sie sich endlich ihrer traumatisierenden Erlebnisse im Hause Terjohn stellte. Der Psychotherapeutin war es gelungen, sie peu a peu aus ihrer Depression zu führen, bis sie schließlich den wahren Grund ihrer Erkrankung erkannte. Nie hatte sie die Erfüllung in ihren Jobs gefunden, die sie brauchte, um glücklich zu sein; alle Energie war im Versteckspiel um die wahre Herkunft des Jungen geflossen, der ihr nun zu Hause so sehr fehlte. Aber die Psychologin las auch die richtigen Botschaften in den Bildern, die Melanie in einer der Therapiegruppen gemalt hatte und konfrontierte sie damit. Am Ende war ihr dann klar geworden, dass Gerhold der Sohn des alten Terjohn sein musste. Der Nebel, der ihre Erinnerung die ganzen Jahre eingehüllt hatte, war nun verschwunden. Alfred, der Opa seines besten Freundes Gernot, war demnach Gerholds Vater und somit war Gerhold Gernots Neffe.

Wie sollte sie mit diesem Wissen umgehen? Die Erkenntnis schien beinah den Erfolg der Kur zu gefährden. Denn zunächst war sie überwältigt, aber vollkommen klar und wach. Aber es kamen auch wieder Zweifel auf und die alte Grübelei schlich sich zwischen die Alltagsgedanken.

„Gerhold hat nie gefragt, wer sein Vater ist. Er ist immer davon ausgegangen, dass Ewald sein Vater sei. Würde er es verkraften, wenn ich ihm die Wahrheit beichte? Könnte ich das selbst aushalten? Wie gehe ich damit um? Aber ich kann dieses Wissen nicht einfach mit ins Grab nehmen, oder?"

Diese Fragen hatte sie der Therapeutin gestellt und die hatte zurückgefragt: „Welche Chancen lägen denn in der

Wahrheit? Könnte Gerhold davon vielleicht sogar profitieren?"

„Wenn ich es so betrachte, würde Gerhold wohl reich erben, wenn das alles rauskommt. Er könnte ohne Geldsorgen seine Karriere fortführen. Ach, wie sehr ich ihm das gönnen würde!"

„Dann liegt der Ball nun also bei Ihnen. Sie werden sicher die richtige Strategie finden und eine gute Entscheidung treffen. Und ich glaube Gerhold, so wie Sie ihn mir geschildert haben, ist ein Mann, der damit gut umgehen könnte. Was meinen Sie, wie würde sein Freund Gernot das Ganze aufnehmen?"

„Die beiden sind seit der Schulzeit ganz eng und gut befreundet. Ich befürchte, nein, ich hoffe, sie werden beide darüber lachen," schloss Melanie ihr zwischenzeitliches Resümee.

Der Brief

Noch immer unentschlossen, aber deutlich klarer durchblickend, kam Melanie von ihrer Kur zurück, begann auch wieder zu arbeiten, aber sie war nicht mehr dieselbe, wie zuvor. Sie brachte es nicht übers Herz, Gerhold die Wahrheit über seine Herkunft zu verraten; dazu fehlte ihr der Mut. Sie hatte keine Erfahrungen damit, Menschen die Wahrheit zu sagen, wenn das Risiko einer Verletzung des anderen groß war, egal wer es war.

Sie glitt wieder in die alte Depression hinein, die sie mit der Kur doch glaubte, überwunden zu haben. Aber wer einmal depressiv war, blieb wohl für immer eine Beute dieser Geißel. Sie mied jeden Kontakt und in den nächtlichen Grübeleien kam sie zu keinem Entschluss. Doch irgendwann schrieb sie Gerhold einen Brief, in dem sie ihm die Wahrheit offenbarte. Aber sie brachte es nicht fertig, ihn dem Sohn auszuhändigen und verschloss ihn in einer Schublade, nahm sich vor seinen Besuchen immer wieder vor, den Brief an Gerhold zu übergeben, aber jedes Mal verließ sie der Mut, vergaß ihn schließlich und dachte immer häufiger darüber nach, sich das Leben zu nehmen. Das erschien ihr als einziger für sie bestimmter Ausweg, um nichts mehr entscheiden zu müssen.

Gerhold war sehr traurig über die Veränderungen, die er bei seiner Mutter bei seinen Besuchen wahrnahm. Die fast 44-jährige Frau verließ kaum noch das Haus und wirkte älter als sonst. Was ihm besonders auffiel, waren die Zustände in der Wohnung der gelernten Haushälterin, die stets alles sauber und in Ordnung hielt. Die Unordnung und die schmutzige Wäsche und das Klo, das passte überhaupt nicht zu ihr. Seine Besuche wurden zahlreicher und Merle und er putzten am Wochenende die Wohnung. Mit großen Sorgen nahm Gerhold wahr, wie sie abmagerte und kaum noch das Sofa verließ. Vor Merle wurde ihm das auch zunehmend peinlich. Er bat noch die direkten Nachbarn um Unterstützung, aber die hatten wenig Kontakt zu ihr gehabt oder waren erst zugezogen und wollten da nicht mit belästigt werden.

An einem Wochenende im November wollte er sie wieder besuchen. Er hatte noch am Mittwoch mit ihr telefoniert und ihr zum Geburtstag gratuliert. Mit einem Blumenstrauß in der Hand hatte er die Wohnung betreten. Er hatte noch immer einen Schlüssel zur Wohnung. Melanie lag auf dem Sofa, der Fernseher lief. Als er nähertrat, sah er, dass sie tot war.

Der Tod sei am Vortag gegen 20:00 Uhr eingetreten, hatte der Arzt festgestellt; sie sei eines natürlichen Todes gestorben, zwar dehydriert wie sie war, hätte schließlich dann letztendlich eine Lungenembolie ihr einen eher nicht qualvollen Tod beschert. Nachdem die Leiche vom

Bestatter abgeholt worden war, rief er Merle an. Ob sie ihm beim Aufräumen der Wohnung, den Nachlassangelegenheiten und Organisation der Beerdigung helfen könne, hatte er sie gefragt. Nur wenige Stunden später war Merle da. Jetzt erst flossen seine Tränen und er umarmte lange seine Freundin, die ebenfalls ins Schluchzen verfiel. Er machte sich Vorwürfe, dass er den Verfall seiner Mutter nicht hatte stoppen können, aber Merle beschwichtigte ihn. Melanie habe es so gewollt, da sei nichts zu bewegen gewesen, eine schwere Depression ist nicht so einfach wegzufegen, hatte sie gesagt.

Ein Testament oder größeres Barvermögen fand Gerhold nicht, auch keinen Schmuck, aber Etliches an Bettwäsche und Geschirr sowie viele VHS-Videokassetten. Doch dann fand er im Brotschrank ihren undatierten Brief.

„Gerhold, mein liebster Engel,

ich hoffe, ich finde irgendwann den Mut, diesen Brief zu übergeben. Du weißt, meine Eltern führten keine glückliche Ehe und mein Vater hat sich nach dem Krieg umgebracht. Meine Mutter war eine böse Person und ich hatte keine leichte Kindheit. So ist mir im Leben nicht viel vergönnt worden. Umso stolzer bin ich auf dich, mein Sohn. Du bist ein kluger Junge und es ist dir gelungen, einen anerkannten Beruf zu erlernen und scheinst mit Merle eine sehr nette Frau an deine Seite zu bekommen.

Du hast als kleiner Junge einmal gefragt, warum du mit Nachnamen nicht heißt wie dein Papa. Ja, du hattest einen guten Papa, aber die Wahrheit ist leider auch, dass dein „Papa" nicht dein leiblicher Vater war. Mir selbst ist das endgültig erst vor einigen Monaten in der Kur richtig klar geworden. Noch heute leide ich unter dem Trauma einer Vergewaltigung.

Ich hoffe, du kannst mit dieser Wahrheit gut umgehen und erkennst mehr die Vorteile, die sich daraus vielleicht ergeben könnten. Ich selbst fühle nicht mehr genug Kraft in mir und nur unter großen Mühen und in Sorge muss ich dir sagen, dass dein Vater Alfred Terjohn ist.

Ich weiß, dass dein bester Freund Gernot, der Enkel von Alfred ist und somit dann eigentlich ja dein Onkel. Wie ich euch beide kenne, werdet ihr das am Ende eher lustig finden und könnt gut damit umgehen.

Mein lieber Sohn, ich wünsche Dir und deiner Merle alles Gute.

Und noch eins: Ich bin Merles Tante, Frau Reus, für ihre bedingungslose Hilfe und Unterstützung bis heute unendlich dankbar. Ihre wertschätzende Art mit mir und meinem Schicksal umzugehen und zu helfen, möge euch jungen Leuten ein Vorbild sein, wenn Menschen sich auf der Flucht oder in Not befinden. Ohne sie wäre wohl alles noch viel schlechter in unserem Leben verlaufen.

Alles Liebe!

Deine Mutter

Brauner Sumpf

„Wie bitte?" Gernot nahm den Brief selbst zur Hand und las noch einmal den gesamten Text. Er hatte aufmerksam zugehört. Gerhold hatte ihm den Brief seiner verstorbenen Mutter vorgelesen.

„Ja, du hast richtig gehört und gelesen. Dein Großvater: Nicht nur Leichenfledderer und unverbesserlicher Nazi, sondern auch noch der Vergewaltiger meiner Mutter!"

Gernot schwieg. Was sollte er davon halten? Was sollte er Gerhold entgegnen? Einerseits war er über dieses späte Geständnis der Mutter seines besten Freundes irritiert, wusste gar nicht, was er dazu sagen sollte, andererseits dachte er, dass auch diese Neuigkeit in das krude Bild passte, das er von dem Großvater mittlerweile vor Augen hatte. Er schwieg lange, länger als sonst, wenn er mit Gerhold zusammentraf. Endlich raffte er sich zu einer Antwort auf.

„In einem Punkt hat deine Mutter wohl vollkommen Recht, oder?"

Gerhold schaute Gernot lange ins Gesicht. Nach und nach hoben sich die Mundwinkel und Gerholds Gesicht verwandelte sich ebenfalls, bereit für einen Lachsturm wie zu Zeiten als sie die Schule besuchten. Sie lachten und schauten sich dabei gleichzeitig forschend an. Das war schon wirklich, richtig komisch. Konnte es so viele

Zufälle geben? Beide am selben Tag geboren und zusammen zur Schule gegangen, auch noch beste Freunde geworden und – geblieben - bis heute. Konnte dieses Geständnis ihre Freundschaft trüben? Niemals, es war einfach zu witzig. Und nun? Gernot war also Gerholds Onkel. Die Welt ist einfach nur verrückt, dachte Gerhold und prustete wieder los.

„Das is´ mal ´ne Story!" resümierte Gerhold nach der Lachattacke.

„Aber, was machen wir nun mit unserem Wissen?" fragte Gernot schließlich.

„Ein weiterer Baustein in der Causa Alfred Terjohn," stellte Gerhold nüchtern fest. „Wir müssen rauskriegen, was er am Kriegsende getrieben hat. Und wenn uns das nicht gelingt, dann schauen wir doch mal, was er in der letzten, der neuen Zeit dieser Neonazis, so treibt."

„Aber wir müssen auch sicherstellen, dass du tatsächlich erbberechtigt bist. Der Brief allein kann das nicht beweisen!"

„Den Beweis kann man heutzutage leichter führen als noch viele denken. Die Forschung in der Biologie hinsichtlich Genetik ist da schon recht weit und wird letztendlich den Beweis liefern. Sei getrost!"

„Ja Gerhold, und bedenke: Es geht hier auch um Ressourcen. Was könntest du mit dem vielen Geld, das Alfred zu vererben hat, alles anstellen? Auch daran solltest du denken."

„Niemand kann zulassen, dass die ganze Kohle in dem braunen Sumpf versinkt. Da sind wir uns sicher einig! Und übrigens: Ich gönn´ dir das Erbe. Ich selbst erbe schon von der mütterlichen Seite genug."

„Recht hast du! Lass uns weiter daran arbeiten, den braunen Sumpf trocken zu legen."

Wehrsportgruppe

Gerhold hatte ihn eingeladen. Er wollte mit Gernot und einem Journalisten ein geheimes Treffen einer sogenannten Wehrsportgruppe beobachten. Die Wehrsportgruppe Mündener Stahlhelm veranstaltete zusammen mit Soldaten und Polizisten regelmäßig Übungen an Wochenenden im Wald rund um Göttingen. Der Journalist war schon lange auf den Spuren der Truppe. Bei einer Demonstration waren Polizisten mit Studenten ins Gehege gekommen. Die Bullen scheuten sich nicht, eifrig ihre Gummiknüppel zu gebrauchen. Dabei entglitten einem der Polizisten doch ein paar anzügliche Worte, die er eher einem Neo-Nazi zugerechnet hätte. Er beschloss, sich an die Fersen des Polizisten zu hängen, stöberte in Archiven und beobachtete wie ein Detektiv dessen Alltag und fand schließlich heraus, dass dieser sich regelmäßig an Übungen einer Wehrsportgruppe beteiligte.

Gerhold war mit dem Journalisten in einer Göttinger Kneipe ins Gespräch gekommen. Als im Laufe des Wortwechsels über rechtsradikale Umtriebe der Name der FAP auftauchte, war Gerhold hellhörig geworden. Er erinnerte sich an die Aussagen in Alfreds Testament und seiner Haltung zu dieser Partei. Kurzerhand verriet der Journalist ein paar Details seines Wissens und bot ihm an, ein solches Treffen einmal zu beobachten.

Gerhold bat den Journalisten, auch Gernot mitzunehmen, was dieser nach einem Zögern dann auch tat. Der Journalist hatte sie zu dem Gelände geführt und aus sicherer Entfernung mit einem Teleobjektiv Fotos geschossen.

„Die sind doch nicht richtig im Kopf," flüsterte Gernot dem Journalisten zu, der abrupt seine Hand mit dem erhobenen Zeigefinger an den Mund führte und den beiden mit Zeichensprache andeutete, sich vom Beobachtungsplatz zu entfernen, zumal einige Kerle näher zu kommen schienen. Sie krochen rückwärts zurück und schlichen dann ein paar hundert Meter weiter bis zum Waldrand, wo sie ihre Autos an der Gabelung zu einem Waldweg geparkt hatten.

„Die sind nicht nur verrückt, sondern vor allem gefährlich. Manchmal schießen die auch scharf und die sind immer gut bewaffnet. Ich möchte keinem von denen Angesicht zu Angesicht begegnen," antwortete der Journalist nun nach ein paar Minuten.

„Ich für meinen Fall, hab´ erst mal genug Fotomaterial zusammen. Euch würde ich raten, jetzt auch das Weite zu suchen. Ich glaube, die schwärmen aus. Möglicherweise haben die uns bemerkt. Seht also zu, dass ihr wegkommt! Ich schick euch später ein paar Fotos zu."

Der Journalist war dann auch umgehend in seinen Käfer gestiegen und weggefahren. Die beiden Freunde standen noch ein Weilchen an Gerholds R4.

„Na, da schau her! Wen haben wir denn da" hörten sie plötzlich eine Stimme in ihrem Rücken. Als sie sich umgedreht hatten, waren drei Uniformierte an sie herangetreten. Einer fuchtelte mit einem Gewehr, die beiden hinter ihm grinsten.

„Was treibt ihr hier? Spioniert ihr uns etwa aus? Was wir hier treiben, geht niemand etwas an! Seht zu, dass ihr fortkommt, aber schnell!"

Die beiden Freunde schauten sich an. Dann rief Gernot dem Gewehrträger zu.

„Wir haben kein Verbotsschild gesehen. Man wird ja wohl noch im Wald spazieren gehen dürfen in einem freien Land."

„Freies Land? Wovon träumst du nachts? Willst wohl frech werden. Los Abmarsch hier!"

Derweil war einer der beiden anderen Uniformierten an den R4 getreten, hatte sein Messer gezückt und einen langen Kratzer an der Beifahrertür geritzt.

„Studentenkarre!" schrie er und spuckte auf die Frontscheibe.

Das war Gernot nun zu viel des Guten. „Was fällt dir ein? Du spinnst wohl!"

Gerhold merkte nun doch, dass es hier zu eskalieren drohte. Seine auf das Gewehr des Vorderen gerichteten Augen unterstrichen seine Diagnose.

„Gernot, komm, lass uns abhaun. Die vertragen keinen Spaß hier."

Gerade wollte er die Fahrertür aufschließen, da traf ihn der Gewehrkolben des Frontmannes an der Schläfe und brachte ihn zu Fall. Er fiel bewusstlos zwischen die Farnblätter zu Boden. Der dritte Wehrsportler stieß Gernot sein mittlerweile gezücktes Messer in die linke Flanke. Gernot schrie auf vor Schmerzen, hielt sich die Seite mit beiden Händen und das erste Blut quoll zwischen seinen Fingern hervor. Auch er sackte in den Farn.

„Lasst uns abhaun, die ham genug von unsrer Übung," brüllte der Gewehrkolbenschwinger und stapfte davon.

Gerhold kam wieder zu sich und sah seinen Freund im Farn gekrümmt auf der Seite liegend. Er war bewusstlos, atmete aber noch. Gerhold sah das blutverschmierte Jackett. Sein Schädel brummte. Der Anblick des Verletzten trieb seinen Puls nach oben und er bückte sich nach dem Autoschlüssel vor der Fahrertür, den sein Freund zu Boden gefallen lassen hatte, schloss den Wagen auf, öffnete die Rücksitztür. Ihm war klar, dass Gernot sehr viel Blut verloren hatte, er musste ihn so schnell wie möglich in ein Krankenhaus bringen. Wie lange war er selbst bewusstlos geblieben? Er musste rasch handeln! Er bot alle seine Kraft auf und hievte den schlappen Körper seines Freundes auf die Rückbank des R4.

Koma

Der R4 raste mit 130 Stundenkilometern über die A7 nach Göttingen. Gerhold brauchte fast zwanzig Minuten bis zum Krankenhaus, wertvolle Zeit verstrich. Vom Dienstzimmer einer Station rief er Gernots Mutter und Mareile an und nahm auf einem Stuhl vor dem Operationssaal Platz. Die Ärzte schafften es zum Glück, Gernot zu stabilisieren und die Verletzungen erfolgreich zu operieren. Dennoch hatte Gernot sehr viel Blut verloren und lag im Koma. Sie benötigten unbedingt, und so rasch wie möglich, frisches Spenderblut.

Gisela Pierer und Gerhold saßen auf Stühlen vor der Intensivstation. Gernots Mutter, neben Gerhold sitzend, erhob sich abrupt, als ein älterer Arzt Stunden später aus der Tür trat und blickte ihn erwartungsvoll an.

„Die OP ist erfolgreich verlaufen; wir konnten die Blutungen stillen. Aber er hat wirklich sehr viel Blut verloren und wir müssen ihn vorerst im Koma lassen. Ein Stück weit wird sich der Körper selbst helfen, aber angesichts des niedrigen HB müssen wir weiter Blutkonserven zuführen. Wären Sie bereit, Blut zu spenden?"

„Aber selbstverständlich!" rief Frau Pierer und hob instinktiv ihren rechten Arm.

„Ich kann auch Blut geben," schloss sich nun Gerhold an und auch Mareile, die gerade dazu gekommen war, nickte und rief: „Ich auch!"

„Das ist sehr gut. Eine Kollegin wird sie gleich der Reihe nach zur Ader lassen. Nehmen Sie bitte wieder Platz!"

„Können wir zu ihm?" fragte Mareile, die noch stehen geblieben war.

„Geben Sie ihm noch einen Tag Ruhe! Er wird das brauchen."

Nachdem alle drei die Fragen der Ärztin beantwortet und ihre Ellenbeuge bereitgelegt hatten, um sich Blut abnehmen zu lassen und etwas liegend geruht und getrunken hatten, verließen sie das Hospital.

„Was ist denn da passiert?" fragte Mareile Gerhold, als sie das Treppenhaus hinuntergingen.

„Das ist ´ne lange Geschichte! Nur so viel: Wir haben mit einem Journalisten heimlich Neo-Nazis beobachtet und sind dabei aufgeflogen. Mir haben sie eins mit ´nem Gewehrkolben über den Schädel gezogen und einer hat völlig kaltblütig Gernot ein Messer in die Flanke gerammt. Wir hatten keine Chance uns zu wehren."

„Was ist denn mit dem Journalisten? Hat der auch was abgekriegt?"

„Nein, der war mit seinem Käfer schon weggefahren, als die drei Burschen uns abgepasst haben. Apropos – der Typ hat Fotos geschossen, vielleicht sind die Burschen darauf zu erkennen. Ich muss den gleich anrufen! Den Rest der Geschichte erzähl ich dir ein ander´ Mal. Soll ich dich morgen abholen? Du willst Gernot sicher auch besuchen."

„Das wäre nett! Bis morgen!"

Blutgruppen

„Frau Pierer kann nicht die Mutter dieses Jungen sein!"

„Wie bitte?" Der Stationsarzt drehte sich abrupt zur medizinisch-technischen Angestellten um.

„Schauen Sie hier: Frau Pierer hat AB negativ. Der Junge hat Null negativ! Der verstorbene Ehegatte und Vater hatten nachweislich Null negativ. Das passt nicht zusammen."

„Ach du Scheiße!" entfuhr es dem Arzt. „Nicht nur, dass die Mutter als Spenderin ausscheidet, jetzt muss ich ihr auch noch erklären, dass DAS gar nicht IHR Kind ist. Schönen Dank!"

Doch dann meldete sich der hinzugetretene Medizinstudent zu Wort.

„Wir müssen es ihr auch gar nicht sagen. Gut, sie hat Blut gespendet, aber ob wir es für ihren „Sohn" verwendet haben, müssen wir nicht sagen. Anders ist das mit dem Sohn. Er ist unser Patient und wir hinsichtlich seiner Krankendaten der Schweigepflicht."

„Oder ist das Kind adoptiert worden? Schauen Sie doch mal die Unterlagen durch, Herr Lehmann," wandte sich der Arzt nun dem Medizinstudenten zu.

Zwei Stunden später betrat der Student mit einer braunen Akte in der Hand das Arztzimmer. Der Arzt hatte sich noch einmal die Blutproben angesehen und weil er zweifelte, hatte er die Testung wiederholt. „Kein Zweifel! Die Ergebnisse des Labors sind korrekt," schloss er und schob eine Schublade im Schreibtisch zu und wandte sich dem Eintretenden zu.

„Entweder ist die Ehefrau fremdgegangen oder der Sohn wurde vertauscht. Jedenfalls wurde dieses oder ein anderes Kind in unserem Krankenhaus von ihr zur Welt gebracht," fasste er das Ergebnis seiner Nachforschungen zusammen.

„Vater: Null negativ. Mutter: Null negativ = dann Sohn 1 (ein anderer): Null negativ. Vater: Null negativ. Mutter: AB negativ (Frau Pierer) = Sohn 2 (unser Patient): B negativ. Eine Vaterschaft kann man zwar anhand der Blutgruppe nicht bestimmen, bei einigen Kombinationen aber die Vaterschaft - oder Mutterschaft - ausschließen. Zum Beispiel kann der vermeintliche Vater nicht der biologische Vater sein, wenn beide Eltern Blutgruppe Null sind, kann das Kind nur Blutgruppe Null haben. Hat ein Elternteil Blutgruppe AB und das andere Null, schließt dies beim Nachwuchs die Blutgruppe AB sowie Null aus," schloss schließlich der Student seine Ausführungen.

„Das heißt, wir haben hier ein Problem, Herr Lehmann."

„Kann das Kind denn schon bei der Geburt vertauscht worden sein?" fragte der Student den Arzt.

Die Falten auf der Stirn des Arztes gruben sich tiefer ein und verrieten das fragende Gedankenspiel in seinem Kopf.

„Okay, bevor wir die Frau damit konfrontieren, betreiben wir vielleicht erstmal Ausschlussdiagnostik. Denn ich möchte sie ungern fragen, ob sie fremdgegangen ist. – Gehen Sie doch mal in die Verwaltung! Die sollen mal raussuchen, welche Jungen zum Geburtstag von Gernot Terjohn noch geboren wurden."

Die Verwaltung hatte schon Feierabend und da es wenig Sinn ergab, bis zum nächsten Tag zu warten, zu einem Zeitpunkt, wo Frau Pierer bereits Nachfragen stellen würde, begab sich Lehmann dann noch selbst ins Archiv. Das Ergebnis war dann, dass am besagten „Geburtstag drei Kinder geboren worden waren, ein Mädchen und zwei Jungen. Der andere Junge war Gerhold Engel, vier Stunden vor Gernot geboren, Blutgruppe AB negativ. Lehmanns Augenbrauen schnellten nach oben. Das könnt´ also sein, dachte er und begab sich ans nächste Telefon. Es war bereits 18:17 Uhr. Er hatte Glück, der Stationsarzt war noch da. Er teilte ihm den Befund mit. Der schwieg lange. Lehmann fragte nach: „Sind sie noch da?"

„Ja, ja. Das muss ich mit dem Oberarzt besprechen. Ich melde mich wieder. Machen Sie mal Feierabend! Bis morgen!"

Schweigepflicht

Der Oberarzt wollte abwarten, bis Gernot aus dem Koma erwachen würde. Die Vitalwerte waren stabil; es bestand keine Lebensgefahr mehr. Es blieb zu hoffen, dass Gernots Gehirn aufgrund des Blutmangels keinen größeren Schaden genommen hatte.

Der Oberarzt wollte ein vertrauliches Gespräch zu Dritt. Er hatte die Adresse von Gerhold Engel ausgemacht und ihn angerufen. Aber Gerhold war nicht zu Hause, sondern bei seinem Freund Gernot im Krankenhaus. Das konnte der Oberarzt nicht wissen. Als er mit dem Stationsarzt zusammentraf und dieser fragte, ob er den vertauschten Jungen erreicht habe. Der Oberarzt schaute gerade auf die Patientenakte und las die Einträge der Krankenschwester und des Studenten.

„Gerhold Engel! Der Junge, den wir suchen, hat den Patienten mit dem Blutverlust vorgestern Nacht hier eingeliefert. **Der** ist das!"

„Ja richtig, so hieß der. Das ich da nicht gleich - geschaltet habe."

„Nun gut, Gernot Pierer liegt noch im Koma. Ihm gegenüber sind wir in gewisser Weise verpflichtet, was seine *Blutgruppenherkunft* betrifft. Denn für zukünftige Notfälle kann das wichtig werden. Gerhold hingegen ist nicht unser Patient."

„Schon richtig," entgegnete nun der Stationsarzt. „Aber haben nicht beide ein Recht auf Aufklärung?"

„Im Grunde schon, aber wir könnten wegen der Schweigepflicht in Schwierigkeiten geraten. Ich schlage vor, wir klären Herrn Pierer auf, sobald er aus dem Koma zurück und ansprechbar ist. Die beiden scheinen gut befreundet zu sein. Da könnten wir die Verantwortung weiterer Aufklärung vielleicht getrost Herrn Pierer überlassen."

„Das klingt erst mal nach einem Plan," schloss der Stationsarzt und verschluckte ein erleichtertes Stöhnen.

Vier Tage später erwachte Gernot aus dem Koma und es schien nach den ersten Gesprächen und neurologischen Untersuchungen, dass Gernot keine größeren bleibenden Schäden davontragen würde.

In der Folgewoche konnte er schon wieder gehen und allein zur Toilette. Die Wundschmerzen hatten die Ärzte medikamentös gut im Griff und Gernot machte weiter rasche Fortschritte.

„Wir müssen mit Ihnen noch ein vertrauliches Entlassungsgespräch führen. Dazu wird sie die Schwester morgen nach dem Frühstück zu mir ins Büro begleiten."

„Ich kann also wieder nach Hause? Das wird meine Freundin und meine Mutter freuen!"

„Wer holt sie denn morgen Vormittag ab?"

„Das macht natürlich mein Lebensretter, Gerhold!"

„Sie scheinen sich gut zu verstehen? Wir würden auch ihm gerne noch etwas auf den zukünftigen Weg mitgeben, aber ich glaube, das können auch Sie bewerkstelligen. – Also, bis morgen früh!" Der Oberarzt reichte Gernot die Hand und verließ das Patientenzimmer.

Der Oberarzt erteilte dem Studenten den Auftrag, dass er die Dokumente zu den Blutgruppenuntersuchungen und die alten Akten für den nächsten Morgen Besprechung mitbringen solle.

„Könnten wir schlafende Hunde wecken?" fragte Lehmann den Oberarzt.

„Inwiefern?"

„Nun ja, die beiden verstehen sich sehr gut. Ich frage mich halt: Könnte die Wahrheit über ihre Herkunft deren Beziehung gefährden und gegebenenfalls psychische Probleme bei einem oder beiden hervorrufen?"

„Wie schon gesagt, die Frage nach der Blutgruppe und mögliche damit in Zusammenhang stehende, spätere Komplikationen, bleibt bestehen. Und hat Herr Pierer nicht ein Recht auf umfassende Aufklärung? Was würden Sie sich in dem Fall wünschen, wenn Sie Pierer wären?"

„Das ist eine gute Frage. Ich glaube, ich würde es wissen wollen und ich hoffte, ich könnte damit dann gut und richtig umgehen."

„Die Hoffnung stirbt bekanntlich zuletzt. Riskieren wir es. Bis morgen!"

Verwechslung

Gernot konnte schon ohne Krücken in Begleitung der Krankenschwester zum Büro des Oberarztes gehen. Er war aber froh, als er sich endlich in einen der Sessel fallen lassen konnte und leicht aufstöhnte, weil der einschießende Wundschmerz ihn an den Grund seines Aufenthaltes erinnerte. Einige Minuten später kamen der Student und der Oberarzt herein.

„Guten Morgen, Herr Pierer! Herrn Lehmann kennen Sie ja bereits. Unser Stationsarzt ist noch im OP gebunden, aber wir fangen schon mal an. Wie geht es Ihnen?"

„Gut. Nach allem, was geschehen ist, bin ich angesichts des Verlaufs sehr zufrieden. Vielen Dank!"

„Nun über die Art der notwendigen Operationsschritte hatte ich sie gestern schon aufgeklärt. Haben Sie dazu noch Fragen?"

„Nein, alles gut. Ich hab´ keine weiteren Fragen."

Der Student kramte aus einem Stapel Akten nun ein paar hervor und breitete sie auf dem Tisch aus. Was nun wohl kommt, dachte Gernot. Erst die gute und dann schlechte Nachricht? Er zog die Augenbrauen hoch und schaute den beiden Männern abwechselnd ins Gesicht.

„Uns ist bei den Untersuchungen zu Ihnen etwas aufgefallen, von dem wir glauben, dass Sie es wissen sollten."

„Na, Sie machen es jetzt aber spannend," erwiderte Gernot.

„Keine Sorge, es ist eigentlich nichts wirklich Schlimmes, aber es betrifft vielleicht Sie und die Personen in Ihrem engeren Umkreis."

„Ich habe Krebs!"

„Nein, nein," flocht der Oberarzt sogleich ein. „Es ist ganz anders, als Sie denken. Allerdings wird Sie die Erkenntnis, die ich Ihnen nun mitteilen werde, sicher erstaunen und ich hoffe, Sie werden damit weise umgehen!"

Gernots Puls beschleunigte sich und er bekam einen trockenen Mund. Der Oberarzt drohte den Spannungsbogen fast ein wenig zu überdrehen. Gernots Blick heftete wanderte von den Augen des Arztes hinunter zu den Lippen und blieb dort erwartungsvoll hängen.

„Wir haben bei der Feststellung der Blutgruppen von Ihnen und ihren Eltern – von Ihrem Vater war die bekannt – festgestellt, dass Frau Pierer NICHT ihre Mutter sein kann."

Gernot lief der Schweiß an den Schläfen herunter und nur mühsam brachte er zwischen den trockenen Lippen ein überraschtes und heiseres „Nee!" hervor.

Der Oberarzt ließ nicht lange zu, dass eine Pause entstehen konnte und setzte sein Reden fort.

„Sie können sich sicherlich vorstellen, dass auch wir erstaunt waren und uns natürlich Gedanken dazu gemacht haben. Nicht nur dahingehend, wie das Ganze aufzuklären sein könnte, welche Erklärung es für diese Tatsache geben könnte, sondern auch in die Richtung, wie und inwiefern wir die Betroffenen einbeziehen und aufklären. Wir denken auch, dass wir Frau Pierer erst mal nicht mit der Wahrheit konfrontieren."

Der Oberarzt machte eine kurze Pause und griff nach einer der Akten. „Wir haben also zunächst einmal recherchiert. Dabei haben wir festgestellt, dass am Tag Ihrer Geburt ebenfalls ein Junge in unserem Krankenhaus zur Welt kam, mit dem sie damals als Säugling vertauscht wurden."

„Gerhold Engel!" kam Gernot nun den beiden Ärzten zuvor, die sich beide wie auf ein Kommando gegenseitig, verblüfft ob dieses Ausrufs ihres Patienten, anschauten.

„Wie? Was? Wussten Sie das schon?"

„Nein, ich wusste es nicht, aber im logischen Schlussfolgern dürfte ich Ihnen in Nichts nachstehen," erwiderte Gernot. „Ich weiß, dass Gerhold am gleichen Tag hier entbunden wurde wie ich."

„Ja, und seine Blutgruppe ist kompatibel mit Frau Pierer. Demnach dürfte Gerhold Engel der wahre Sohn ihrer *Mutter* sein."

Wieder machte der Oberarzt eine kurze Sprechpause und fuhr etwas bedächtiger und ernster schauend Gernot an. „Wir wollten zuerst Sie als unseren eigentlichen Patienten darüber in Kenntnis setzen und wir hoffen, dass Sie die richtigen Entscheidungen und Worte finden werden, wen Sie wie und wann darüber aufklären."

Gernot schwieg. Der Schwarze Peter lag nun bei ihm. Geschickt eingefädelt vom Oberarzt, dachte er. Er musste diese Informationen erst mal verdauen und richtig einordnen. Und ihm wurde schlagartig klar: Alfred war nicht sein Großvater, sondern sein Vater. Gerhold war nicht sein Neffe, sondern sein Onkel. In seinem Gehirn tobte ein Wirbelsturm, der Gedanken und Gefühle durcheinanderwirbelte. Alles schien wie auf den Kopf gedreht. Gernot musste zur Ruhe kommen. Nachdenken.

„Ich hoffe, wir können Sie mit diesen, freilich aufwühlenden Neuigkeiten und nachdem, was alles geschehen ist, dennoch geheilt und gesund entlassen?" Der Oberarzt beugte seinen Kopf etwas herunter, um Gernot in die Augen schauen zu können.

„Ja, ja. Keine Sorge, Herr Doktor. Ich werde damit umzugehen wissen. Es macht für mich einiges komplizierter. Ich muss das erst mal gut sortieren. Andererseits befreit es mich irgendwie. Ich danke Ihnen!"

Es gab nun zwei Wahrheiten, von denen eine auch Gerhold bekannt war und die sie bisher unter sich teilten. Melanie war das Opfer einer Vergewaltigung durch Alfred Terjohn und somit waren Gerhold und Gernot eben nicht nur befreundet, sondern miteinander verwandt. Das mochte vielleicht auch die gewisse Ähnlichkeit der beiden erklären. Und beide konnten damit leben. Was wäre, wenn diese Tatsache bekannt und aktenkundig würde? Gernot dachte nach. Dann wäre Gerhold vor Gernot gegenüber dem gewaltigen Vermögen des Großvaters erbberechtigt. Das würde Gernot Gerhold freilich gönnen, da es seinem Freund ansonsten seinerseits nicht vergönnt war, von einer größeren Erbschaft zu profitieren. Gernot würde sich sogar für seinen Freund freuen, könnte dieser dadurch weiter forschen und by the way als Historiker den braunen Sumpf weiter trockenlegen. Gernot selbst erbte sowieso schon reichlich auf mütterlicher Seite. Er wäre darüber hinaus nicht auf das Erbe angewiesen. Im Endeffekt konnte man das Ganze, gewissermaßen posthum, noch als eine gerechtere Vermögensverteilung ansehen.

Allerdings wurde es mit der zweiten Wahrheit, die Gerhold ja bisher nicht mitgeteilt wurde, deutlich komplexer und komplizierter. Was würde diese Nachricht bei wem auslösen?

Bei seiner *Mutter*, ja, sie sollte für ihn seine Mutter bleiben! Was ergäbe es für einen Sinn, sie mit dieser Wahrheit zu belasten? Gisela liebte ihren Sohn, ohne Zweifel. Es würde nur Unruhe stiften und wer konnte wissen, ob sie die Wahrheit vertrug und damit klarkam. Womöglich wurde das Ganze ob der Popularität des Familienunternehmens noch ein Ding für die Presse und man begann, Dreck zu produzieren. Nein! Es war auf jeden Fall besser, Mutter in Ruhe zu lassen. Aber mit Mareile musste er irgendwann darüber sprechen, aber das hatte Zeit.

Wer man wirklich war, war das wichtig? Ja, es war wichtig. Jedermann hatte das Recht, alles über seine wirkliche Herkunft zu wissen, aber stand dieses Recht über allem? Solange es keine Zweifel gab und die betroffenen Menschen mit sich im Reinen waren, waren vielleicht Frieden und Gesundheit sehr viel wertvoller.

Sollte er Gerhold einweihen? Gerhold war sein bester Freund. Irgendwann, wenn das Ganze von Gernot unter der Oberfläche gehalten werden sollte, würde diese Wahrheit deren Beziehung bei irgendeiner Gelegenheit belasten können. Das galt es zu verhindern. Ohnehin waren beide immer Freunde geblieben und sprachen sich stets für eine möglichst weitgehende Transparenz aus. Das Gemauschel in Politik und Wirtschaft, das stets der Korruption zuarbeitete, beförderte Ungleichheit und Unfrieden, beförderte die allgemeine Konfusion, die dazu führte, dass die Bürger immer mehr Schwierigkeiten bekamen eine Wahlentscheidung zu treffen, die sich irgendwie richtig anfühlte und nicht im Nachhinein bereut wurde.

So hatte ja umgekehrt auch Gerhold ihm von Melanies Brief Kenntnis gegeben. Sie waren beide Söhne der Aufklärung, Wissenschaftler eben; es würde als Freunde nicht zu ihnen passen, voreinander Geheimnisse zu behalten. Er blieb es Gerhold – so oder so! – schuldig. Ja, sie würden am Ende sicher wieder herzlich gemeinsam darüber lachen.

Aber auf welche offizielle Version der Kombination der beiden Wahrheiten sollten sie sich einigen. Gerholds Meinung war da mehr als gefragt. Sie würden zusammen eine gemeinsame Entscheidung dafür finden und gut damit leben können, da war er sicher.

Die Registerkarte

Gerhold hatte mittlerweile von dem Journalisten Fotoabzüge erhalten, auf denen auch die Männer, die sie brutalst attackiert hatten, zu erkennen waren. Er musste mit Gernot darüber beraten, wie sie damit umgehen wollten.

Gernot war aus dem Krankenhaus entlassen worden und hatte Gerhold gleich am Folgetag angerufen. Sie trafen sich in Gernots Wohnung.

„Schön, dich endlich gesund und in gewohnter Umgebung wiederzusehen. Wie geht es dir?" fragte Gerhold den Freund.

„Ganz gut, fühl mich noch ein wenig schlapp, aber es wird jeden Tag besser. Mareile kümmert sich liebevoll."

Gernot warf einen liebevollen Blick zu seiner Lebensgefährtin, die in der Küche stand und den Tisch deckte.

„Ich habe Gudrun die Fotos von dem Journalisten übergeben, auf denen unsere Schergen gut zu erkennen sind. Diese modernen Teleobjektive sind schon gewaltig. Sie wird uns im Rechtsstreit vertreten, damit diese braunen Fieslinge hinter Gitter kommen. Ich hoffe, du bist einverstanden?"

„Ja, ja, natürlich! Wehret den Anfängen! Diese Dummbatzen haben schon einmal ein ganzes Volk hinters Licht und in den Krieg geführt. Da müssen wir als Demokraten gegenhalten. Nie wieder darf sich eine Demokratie, wie zu Weimarer Zeiten austricksen lassen."

„Recht so, Gernot. Was gibt´s eigentlich Neues von Alfred?" fragte Gerhold nun.

„Der is immer noch in Thailand. Allmählich mach´ ich mir Gedanken. Und ich hab´ Sorge um Sun Chi. Er wird sich an ihr rächen wollen, weil sie ihn bestohlen hat. – Aber warte, ich hab´ noch was Interessantes."

Gernot erhob sich aus dem Sessel und ging an seinen Schreibtisch und kam mit einer grauen Karte in der Hand zurück.

„Diese Karte habe ich in einem der Brockhaus-Bände von Alfred gefunden."

Gerhold nahm die Karte zur Hand. Es war eine Registerkarte der Nazis aus dem Konzentrationslager aus Ravensbrück mit einem kleinen Schwarz-Weiß-Pass-Foto einer jungen Frau. Mittlerweile hatte sich auch Mareile zu den beiden gesetzt und schaute ebenfalls auf die Karte.

„Solveigh Sönniksen, geboren am 8. März 1921 in Ulricehamn, Schweden, politische Insassin, Gefangennahme im Mai 1944," las sie laut.

„Der Kerl hat eine Registerkarte eines KZ-Häftlings mitgehen, beziehungsweise verschwinden lassen. Da könnte ich mal unsere Studenten drauf ansetzen, was es mit dieser Frau auf sich hat. Vielleicht können wir ihn jetzt endlich packen. Kann ich ´ne Kopie davon machen?"

„Klar! Hier nimm!"

„Nächsten Monat haben wir ein Symposium in Göttingen zum Gedenken an den Holocaust. Dazu kommen einige namhafte Historiker und Historikerinnen. Mal sehen, ob ich da die emeritierte Professorin Irena Sönniksen aus Stockholm befragen kann. Die hält einen Vortrag. Vielleicht ist der Name kein Zufall."

„Nun lasst uns aber endlich essen; es wird sonst alles kalt," unterbrach Mareile nun die beiden in ihrem Eifer.

Es war schon fast zehn Uhr, Mareile war schon schlafen gegangen, als die beiden Freunde noch mit einem Bier in der Hand im Wohnzimmer plauderten. Gernot kam gerade von der Toilette zurück und schloss hinter sich die Wohnzimmertür.

„Gerhold, ich muss mit dir noch über etwas Ernstes reden," begann er.

Beichte

Gerhold hing später der Abend mit seinem Freund noch lange nach. Im Zuge der Blutuntersuchungen und weiterer Recherchen im Krankenhausarchiv sei herausgekommen, dass Gisela Pierer nicht seine Mutter sein könne, das konnte aufgrund der Blutgruppenzugehörigkeiten eindeutig ausgeschlossen werden. Gernot hatte danach eine kurze Pause gemacht.

„Und? Wer ist denn nun deine Mutter? Ham die das klären können?" fragte Gerhold den Freund.

Wieder schwieg Gernot und schaute Gerhold lange an.

„Gerhold, was ich dir jetzt sage, betrifft uns beide zutiefst und ich wünsche nichts sehnlicher, als das unsere Freundschaft darüber nicht zerbricht! - Wie du weißt, kamen wir am selben Tag im selben Krankenhaus zur Welt…"

Gerhold selbst sprach die Wahrheit aus. „Melanie, meine Mama! Wir beide," Gerhold zeigte mit dem Zeigefinger auf Gernot und sich, „wurden - vertauscht."

Gernot blickte erstaunt, ob der Scharfsinnigkeit seines Freundes, auf und nickte.

„Allmählich wird es fast unheimlich," Gerhold stand auf und ging zum Fenster und starrte in den Sternenhimmel.

„So bist nicht du mein Onkel, sondern ich deiner!" resümierte Gerhold schließlich nach einer kurzen Denkpause.

Beide schwiegen und nach einer Weile, die zumindest Gerhold sehr lang vorkam, schaute er schließlich seinen Freund an.

„Na, dass wir beide verwandt sind, wussten wir schon vorher. Jetzt noch das! – Aber was machen wir mit dieser Erkenntnis?"

„Ich schlage vor, wir behalten sie für uns und bekämpfen weiter den braunen Sumpf!" Gernot lachte. „Außerdem möchte ich meinen Namen behalten. „Gerhold" find ich doof."

„Und ich finde Gernot total bescheuert."

Beide lachten, schauten sich wieder an und konnten sich schließlich vor Lachen gar nicht mehr einkriegen. Mitten im Gelächter stand plötzlich Mareile im Nachthemd in der Tür.

„Was ist denn mit euch beiden los? Habt ihr was geraucht?"

„Nein, nein, alles gut! Gerhold hat gerade einen Historikerwitz zum Besten gegeben."

„Kann ich den auch hören? Ich möchte mitlachen."

„Nein, nein," unterbrach Gerhold die Freundin. „Der ist zu schmutzig. Den behalten Gernot und ich besser für uns, nicht wahr Gernot?"

Gernot nickte und prustete wieder los. „Geh nur schlafen," lachte er, „Ich komme auch gleich. Wir sind für heute fertig."

Etwas kopfschüttelnd und doch lächelnd ging Mareile zurück ins Schlafzimmer.

Vortrag

In Göttingen hatten sich namhafte europäische Historiker eingefunden. Die Wissenschaftler wollten sich austauschen über den Stand der Aufarbeitung nationalsozialistischer Gräueltaten mit Schwerpunkt der letzten Kriegswochen rund um die Konzentrationslager der Nazis.

Vor dem Veranstaltungssaal hatten sich etwa zwanzig meist glatzköpfige, Springerstiefel tragende, junge Männer eingefunden. Sie schwenkten eine schwarz-weiß-rote Fahne und gaben lautstark ihren Unmut über die Veranstaltung kund. Der Veranstalter hatte bereits die Polizei rufen lassen, da sich ein paar der meist Schwarzgekleideten einigen dunkelhäutigen Gästen in den Weg gestellt hatten und sie als Lügner beschimpften, vor ihnen ausspuckten und sie zunächst anschrien, später dann auch körperlich anrempelten. Sie sollten Ruhe geben und bei sich zu Hause aufräumen, schrien sie. Die Polizei drängte die Horde hinter eine Absperrung zurück, ließ aber weiter zu, dass sie hohle Phrasen skandierten, die teilweise noch während der Einzelvorträge im Vortragssaal zu vernehmen waren.

Die emeritierte Historikerin Irena Sönniksen war ebenfalls eingeladen und hielt einen Vortrag über die Rettungsaktion der sogenannten Weißen Busse. Auch sie vernahm das Gebrüll von draußen.

„Hören Sie und schauen Sie nicht weg, wenn solche Rüpel wieder schreien wie die SA vor und während des Dritten Reichs! Bedenken Sie: Wer schreit, hat Unrecht! Wehret den Anfängen! Lassen Sie niemals zu, dass ungebildete Rüpel wieder so viel Angst und Schrecken verbreiten können, um mit Krawall, Gebrüll und Uniform darüber ein autokratisches Unrechts-Regime zu stützen!"

Am Ende des Vortrags kam sie darauf zu sprechen, dass vermutlich unbelehrbare, rachsüchtige SS-Schergen, die sich nach Schweden abgesetzt hätten, ihre Schwester Solveigh auf ihrer Heimreise nach Schweden noch im Juni 1945 ermordet haben könnten. Der Mord sei nie aufgeklärt worden, weil damals die Mittel fehlten. Auch sei im Übrigen die Rolle der schwedischen Regierung und das Schweigen der Bevölkerung keine Lobenswerte gewesen.

Hinsichtlich Verbrechensaufklärung seien heute die Behörden und die Polizei dank des technologischen Fortschritts sehr viel weiter. Auch profitierten die Europäer von einem nunmehr Jahrzehnte währenden Frieden, der insgesamt die wirtschaftlichen und wissenschaftlichen Erfolge weiter vorantreibe. Sie habe leider nie herausfinden können, ob ihre Hypothese zum Tod ihrer Schwester zutreffe, da die Faktenlage es nicht zugelassen habe, da die Nazis eben zuletzt nicht allein Menschen getötet hätten, die zu viel preisgeben hätten können, sondern leider auch einen Großteil der Akten vernichtet hätten.

Bei dem Namen „Solveigh" war Gerhold hellhörig geworden. Er war zum Ende des Vortrags am Seitengang des Vorlesungssaals entlanggeeilt, zum Podium gegangen und hatte die renommierte Professorin nach ihrem Vortrag noch am Stehpult um ein Gespräch gebeten. Die Professorin schien zunächst nicht erfreut über die Einladung und hätte sich lieber mit der Dekanin unterhalten, aber der Anblick des jungen, blonden Mannes hatte sie weich werden lassen. Der Mann gefiel ihr und sie fragte ihn, worum es denn gehe.

„Wenn ich es richtig deute, dann geht es um ihre Schwester!"

„Deutungen sind nicht mein Fachgebiet. Ich bin Wissenschaftlerin, Deutungen gehören zur Psychoanalyse oder zur Literaturwissenschaft," entgegnete Irena.

„Okay, versuchen wir es mit Dokumenten," entgegnete Gerhold. „Aber hier im Saal gibt es zu viel Lärm und Unruhe. Können wir uns irgendwo ungestört unterhalten?" fragte Gerhold und schaute die Dekanin an, die Gerhold kannte und wusste, dass er es ernst meinte.

„Ich schließe Ihnen mein Büro auf. Bringen Sie mir am Ende den Schlüssel zurück. Ich muss nun den nächsten Redner anmoderieren."

Auf zwei bequemen Stühlen nahmen Gerhold und Irena Platz. Er zog aus seiner braunen Ledertasche, die er stets am Riemen über seine linke Schulter trug, eine alte Postkarte hervor.

„Treite," sprach er. „Der Name dürfte Ihnen in der Forschung zu den Konzentrationslagern bereits begegnet sein, oder?"

„Ja, Ravensbrück! Ich weiß."

„Diese Postkarte erhielt mein Vater im November 1944 von dem Gynäkologen Treite."

Irena Sönniksen schaute auf die Postkarte, drehte sie in den Händen, bestaunte die Briefmarke mit Hitlerporträt und las. Sie stammte zweifelsfrei von Treite; sie erkannte die Unterschrift.

Gerhold kam es irgendwie befremdlich vor, hinsichtlich Alfred Terjohn von seinem *Vater* zu sprechen, dessen mögliche Verbrechen letztendlich ihn, seine Herkunft und Identität irgendwie zusätzlich noch zur Vergewaltigung seiner Mutter beleidigte und verletzte.

„Was wollen Sie mir vermitteln?" fragte die Professorin.

„Warten Sie," fuhr er fort und griff erneut in seine Aktentasche. „Vom weniger Wichtigen zum sehr Wichtigen. Vom Kleinen zum Großen. Hier - ein paar Fotos."

Er hatte von Gernot die Fotos, das Testament und die Registerkarte zur wissenschaftlichen Bearbeitung und Forschung überlassen bekommen. Das Testament Alfreds war weniger relevant, konnte aber im Bedarfsfall noch mal die Fakten weiter stützen. Die Gesinnung der Nazis hatte letztendlich darin überlebt und schwelte wie ein Moorbrand weiter im Gemäuer der deutschen Demokratie. Das musste entlarvt und aufgeklärt werden.

Gerhold holte die Fotos hervor und gab sie der Professorin, die ihre Lesebrille aus der Handtasche hervorkramte. Sie schaute lange und mit den Augen nah heranführend auf die Fotos, schüttelte kurz mit dem Kopf, um wiederum beim nächsten Foto lange innezuhalten.

„Das sind, so wie ich auf den ersten Blick vermuten darf, echte Fotografien aus der Nazi-Zeit. Aber sie beweisen erst mal nichts."

„Vollkommen richtig," entgegnete Gerhold. „Aber dieses Dokument wird Sie sicher überraschen. Es gehört ebenfalls zu den Funden, die ich im Rahmen meiner Recherchen zu Ravensbrück und den Weißen Bussen ermitteln konnte."

„Das klingt ja wie eine Kriminalgeschichte, wenn Sie von *Ermitteln* sprechen."

„Ja, sind wir Historiker nicht manchmal wie Detektive am Werk? - Aber bitte, hier!"

Gerhold hielt der Historikerin die Registerkarte hin.

Irena Sönniksen ergriff diese und erstarrte. Sie schaute gebannt auf das Dokument. Schwieg. Drehte die Karte hin und her, setzte kurz ihre Brille ab, setzte sie wieder auf und schaute dem jungen Mann vor ihr mit aufgerissenen Augen ins Gesicht.

„Das kann nicht wahr sein! Meine Schwester! Sie war in Ravensbrück, das wussten wir, aber es gab keinerlei Belege und nun **das**!"

Irena schwieg wieder einen Moment. Gerholds Puls war ebenfalls in die Höhe geschnellt und er spürte, dass hier ein Puzzleteil der Geschichte mit einem anderen zusammengefügt wurde. Ein wohlig warmes Gefühl breitete sich in seinem Bauch aus und er war zunächst unfähig zu antworten. Irena schaute ihn unterdessen mit fragendem Blick an.

„Die Karte fand mein Freund im Bücherschrank seines Großvaters, den er verdächtigte, als Nazi-Verbrecher tätig gewesen zu sein. Er hat sie mir für Studien vertraulich zukommen lassen."

Irena Sönniksen hatte mittlerweile ihre normale Gesichtsfarbe wieder gewonnen, nachdem sie zwischenzeitlich leichenblass dagesessen hatte. Ihr Herz pulsierte und sie musste tiefer atmen, um wieder klarer denken zu können. Sollte sich ihre Vermutung, ihre Hypothese, bestätigen? Wurde Solveigh von einem Nazi in Schweden ermordet?

„Ich möchte ihren Freund kennenlernen und ich möchte wissen: Lebt der Onkel – oder Großvater ihres Freundes – wie war das? Lebt er noch?"

Gerholds Herz war mittlerweile auch wieder auf Normalmaß.

„Der betreffende Mann heißt Alfred Terjohn und war zum Kriegsende einige Wochen in Ravensbrück. So viel wissen wir. Alles Weitere ist eher Spekulation, dennoch gehen wir davon aus, dass diese gefundenen Dokumente kein Zufall sind, dass Alfred Terjohn sie damals gezielt beiseitegeschafft hat, weil er etwas zu verbergen hat. Wir wissen ferner, dass seine Mutter aus Schweden stammte und dass er dort nach Kriegsende untergetaucht war, und schließlich wissen wir, dass er immer noch rechtsextremen Strömungen in Deutschland zuarbeitet. Es ist nicht auszuschließen, dass Alfred mit dem gewaltsamen und mysteriösen Tod Ihrer Schwester zu tun hatte."

Die Professorin hatte dem jungen Mann ihr gegenüber sehr aufmerksam zugehört. Sie ging nun, wie im Schwedischen üblich, zum vertraulicheren „Du" über.

„Was ist mit dem Großvater deines Freundes? Lebt er noch? Was treibt er denn so?"

„Wir haben ihn schon einige Wochen nicht mehr gesehen. Er ist nach Thailand geflogen und bisher noch nicht zurück."

„Ist er geflohen? Weiß er, dass ihr ihm auf die Schliche gekommen seid?"

„Nein er weiß es nicht. Vermutlich hat er seine thailändische Lebensgefährtin, die vor ihm geflohen ist, in Verdacht, die Dokumente gestohlen zu haben. Aber ich muss Sie enttäuschen; wir haben mit Hilfe meiner Patentante, einer Juristin, bereits eruiert, inwiefern wir den alten Herrn auch rechtlich zur Verantwortung ziehen können, aber meine Patentante meint, auch wenn Mord nicht verjähre, so würde es sehr schwer werden, ihm einen Mord nachzuweisen. Die Beweislage ist da äußerst dürftig. Bestenfalls das Zahngold könnte die Indizien erhärten."

Die letzte Aussage ließ Irena Sönniksen noch einmal aufhorchen und so kam Gerhold nicht umhin, ihr die Geschichte ihrer Beobachtungen und Recherchen in aller Ausführlichkeit zu berichten.

Als Gerhold geendet hatte, erhob sie sich und ging im Raum zum Fenster, schaute herunter auf die Demonstranten.

„Vielleicht haben wir keine Chance, also nutzen wir sie! Ich werde beim Gericht eine Anklage vorbringen und möchte dich bitten, mich dabei zu unterstützen. Du scheinst ein guter Historiker zu sein. Weiter so! – Und wenn wir ihn nicht hinter Gitter bekommen, dann bin ich dennoch dankbar, eine sehr wahrscheinliche Erklärung zum Verständnis des geheimnisvollen Todes meiner Schwester zu finden. Ich muss nicht weiter raten. Zum Ende meiner Tage wird mich dieser Fall wohl noch etwas beschäftigen."

„Geschichtswissenschaft ist zwar kein Puzzlespiel und wenn, dann gehen leider immer wieder Teile verloren. Wie glücklich dürfen wir sein, wenn wir ein verloren geglaubtes Teil wieder finden, nicht wahr Frau Sönniksen?"

.

Brief

Mittlerweile waren einige Tage nach dem Symposion vergangen. Zurück in Schweden, hatte Irena Sönniksen der schwedischen Polizei und den Justizbehörden den Verdachtsfall geschildert und darum gebeten, wegen der Schwere der Vorwürfe den Fall Solveigh wieder aufzurollen. Die wissenschaftlichen und polizeilichen Ermittlungsmethoden waren schließlich nicht mehr vergleichbar mit 1945 und es gäbe neue Indizien.

Allerdings war auch Alfred noch immer nicht wieder aufgetaucht. Gernot hatte zusammen mit Gerhold noch einmal die Wohnung des Alten akribisch durchforstet, um weitere Indizien zu finden. Aber die Suche blieb ergebnislos, bestätigte nur die bereits bestehende Faktenlage.

Schon ein Vierteljahr war seit Sun Chi´s Flucht vergangen, als Gernot einen Brief von ihr aus Thailand erhielt.

Lieber Herr Terjohn,

oder darf ich angesichts unseres Alters „Du"
sagen?

Ich bin wohlbehalten in Thailand angekommen.
Die Begegnung mit Dir am Abend meiner Abreise
hat mich sehr beschäftigt und ich fühle mich
verpflichtet, Dir von den Geschehnissen in meinem
Heimatland zu berichten. Wie Du im Hinblick
auf meinen Namen vielleicht erraten kannst, bin
ich chinesischer Abkunft. Zwar habe ich keine
nahen Verwandten mehr und musste mich hier
nach so langer Zeit erstmal wieder zurechtfinden,
aber Alfreds Geld und Gold hat es mir da leicht
gemacht.

Da ich Alfred sehr gut kannte und wusste, dass er
nicht nur geizig und hartherzig ist, sondern alles
daransetzen würde, sich wegen der Entwendungen
zu rächen, habe ich also zu einem entfernten
Onkel, der einer Triade (einer Mafia-Gruppe)
angehört, die sich mit Prostitution und

Drogenschmuggel beschäftigt, offenbart. Uns war schnell klar, dass wir darauf vorbereitet sein mussten, von Alfred gefunden zu werden. Ich wollte nicht mein restliches Leben mit Flucht betreiben. Wir einigten uns auf eine Strategie, ihn zu Fall zu bringen, denn wie ein Aphorismus des Sun Zi lautet: >Tiefes Wissen heißt, der Störung vor der Störung gewahr sein.<

Ein weiterer Aphorismus von ihm lautet: >Was den Gegner dazu bewegt, sich zu nähern, ist die Aussicht auf Vorteil. Was den Gegner vom Kommen abhält, ist die Aussicht auf Schaden.<

Alfred wollte sich rächen und dieses Gefühl machte ihn blind für Gefahr. Und er wollte, das, was ihm gestohlen wurde, zurück, weil es ihm in Deutschland Schaden bereiten könnte. Also blieb ich in der Hütte meiner verstorbenen Eltern zunächst wohnen und mein Onkel stellte einen Leibwächter an meine Seite.

Tatsächlich kam Alfred einige Tage nach meiner Ankunft ebenfalls in Bangkok an. Bevor er aber handgreiflich werden konnte, hatte der Leibwächter ihn gepackt und meinen Onkel gerufen. Dieser ließ ihn mit gezogener Pistole Platz nehmen und ich musste dolmetschen.

Mein Onkel war erstaunt über die Leibesfülle und das Alter des Mannes. Er habe die Figur eines Buddha, aber anscheinend fehle ihm die Weisheit des Heiligen. Was einen so reichen Mann dazu bewege, einer schwachen Frau derart nachzustellen für Peanuts, könne mein Onkel nicht nachvollziehen; Alfred solle sich erklären, sonst drohe ihm der Tod.

Alfred muss spätestens in diesem Moment klar geworden sein, dass sein Bestreben zwecklos geworden war. Leichenblass und schwitzend bettelte er um sein Leben. Ich (Sun Chi) könne die Wertsachen ja behalten, aber die Dokumente wolle er zurück. Dem Onkel wurde klar, dass seine

Nichte hier ein fettes Pfand besaß. Er wage es hier noch Forderungen zu stellen, habe der Onkel geantwortet und dabei mit der Pistole gefuchtelt. Die Kopien der Dokumente seien längst bei Notaren in Deutschland deponiert. Für den Fall, dass Alfred sich noch einmal seiner Nichte nähere oder sollte ihr etwas Unerwartetes passieren, würde die Justiz und die Presse in Deutschland verständigt.

Alfred bekam einen Hustenanfall und brach schließlich auf dem Stuhl zusammen, er röchelte und alles Blut war aus seinem Gesicht gewichen. Er schwitzte und starrte mit angstvollem Blick auf die Pistole des Onkels.

Mir war sofort klar, dass etwas mit ihm passiert war, wahrscheinlich ein Schlaganfall. Wir haben keine Hilfe geholt und auch nicht versucht ihn wiederzubeleben. Noch ein paar Minuten lang konnte ich seinen Puls fühlen, dann war er schließlich tot. Der Onkel wollte auf keinen Fall, dass der Leichnam in der Hütte gefunden würde. Zusammen mit dem Leibwächter schafften sie die Leiche nachts aus dem Haus und legten ihn in der Nähe eines Bahndamms ab. Alle Wertsachen, Ausweise nahmen die beiden an sich.

Ich weiß nicht, ob und wann sein Leichnam gefunden wurde. Ich schreibe Dir das Ganze, damit Du hinsichtlich seiner Umtriebe Dir nicht weiter Sorgen machen musst. Ich habe mitbekommen, dass Du ein guter, ehrlicher und fleißiger Mann geworden bist und sicher wissen wirst, wie mit dieser Information zu verfahren sein sollte.

Ich wünsche Dir und Deinen Liebsten alles Gute!

Sun Chi

P.S.: Diesen Brief habe ich natürlich nicht selbst geschrieben. Mein Deutsch ist zwar gut, aber nicht so gut. Ich habe eine befreundete deutsche Auswanderin und Literatin gebeten, ihn zu schreiben, nachdem ich ihr alles erzählt habe. (Übrigens bist Du natürlich herzlich *eingeladen, die besagten Dokumente aus Thailand abzuholen; es würde mich freuen.)*